Buon solstizio alfa

Renee Rose

Lee Savino

 Creato con Vellum

OTTIENI IL TUO LIBRO GRATIS!

Iscrivetevi alla newsletter di Midnight Romance per ricevere La Vergine e il Vampiro e notifiche riguardo a nuove pubblicazioni!

https://dl.bookfunnel.com/wg56byh1hb

OTTIENI IL TUO LIBRO GRATIS!

Iscrivetevi alla newsletter di Renee per ricevere Preludio e Indomita, scene bonus gratuite e notifiche riguardo a nuove pubblicazioni!

https://subscribepage.com/reneeroseit

Ricevi un libro gratuito, **Allevata dai Berserker** (solo per i fan più sfegatati iscritti alla newsletter di Lee). **Clicca qui per cominciare**

Capitolo uno

Parker
        La giornata inizia come ogni giornata. Con la violenza.

"Adesso ti farcisco e cuocio come un'oca di Natale," urlano dalla cucina. Chiunque abbia mai definito dolce la cadenza irlandese non ha mai sentito parlar Declan.

Sollevo il cappello e sbatto le palpebre davanti alla luce abbacinante che inonda il soggiorno, a Tucson.

Un'esplosione di piume precede l'irruenza con cui Laurie varca l'uscio della cucina. L'alto mutante allampanato attraversa la stanza con due salti per mettersi al riparo dietro alla lisa poltrona su cui dormo ogni notte.

"Che c'è adesso..." gemo.

Declan esce tutto impettito con una padella piena di roba carbonizzata. "Ha bruciato la pancetta. Di nuovo."

Il puzzo basta a farmi capire l'accaduto. Ricorda un carnaio. Allungo il collo verso il colpevole, che dietro al mio giaciglio si nasconde proprio male – è alto il doppio. "La prossima volta usa il forno. Metti tutto nella placca e..."

"Sacrilegio!" strilla Declan. "Se mia madre scoprisse

1

che facciamo la pancetta in forno come fosse maledetta pasta frolla...”

“È t-t-tacchino...” Laurie solleva una confezione di pancetta di tacchino, ma l'irlandese lo interrompe. La padella finisce sul linoleum con un tonfo, e poi un cagnone nero mi sorvola per attaccare Laurie. Alle mie spalle sono in piena zuffa, con tanto di urla e calci allo schienale della mia poltrona.

Mi unirei anche alla festa, ma sono troppo stanco. Poso la testa contro al rivestimento rovinato mentre Laurie mi corre intorno in cerchio, rincorso dal levriero Declan – come un corridore della strada e a un coyote, se il primo fosse un gufo mutante sputa-piume e il secondo un levriero irlandese incrociato con un bastardo spelacchiato.

Alla fine il secondo frega dalle mani di Laurie la pancetta. Torna a saltelli alla porta della cucina, si ritrasforma in essere umano – la confezione di plastica ancora fra i denti. Nudo, va a buttarla nel cestino. “Abomini del genere in casa mia non entrano. Ti sembro un vegetariano, eh?”

“I vegetariani non mangiano tacchino.” Sollevo il cappello per ripararmi dalle nudità di Declan. “Vestiti, dai. Così mi fai venire mal di pancia.”

Agguanta la padella e se la piazza davanti all'uccello. “Hai dormito qua fuori?” domanda, più accigliato del solito. Fosse qualcun altro, potrei pure prenderla per preoccupazione.

“Sì.” Non che abbia dormito molto. Ma è sempre meglio dell'alternativa – rigirarmi fra incubi e lenzuola.

“Ci serve altra pancetta.”

“Ci servono i soldi,” ribatto. “E indovina chi li ha puntati tutti sull'incontro di Caleb?”

Declan fa un sorrisone. “‘Che scontro, ragazzi...”

"Doveva difendere il fight club dei mutanti. Non era un incontro vero. Abbiamo dovuto riprogrammarlo. E intanto i soldi sono congelati." Mi rimetto il cappello. Di solito il suo peso mi aiuta a pensare, ma oggi mi fa solo tornare voglia di dormire.

Mi piomba addosso un'ombra quando Laurie si piazza accanto a me, bloccandomi il sole. "P-P-Potremmo trovarci un l-l-lavoro."

"Ci abbiamo già provato." L'epoca in cui quei due informavano i passanti dell'esistenza di un ristorante, gridando a squarciagola dallo spartitraffico vestiti da panini giganti mi aveva fatto venire il mal di testa per tre giorni di fila.

Ancora sento l'eco del dolore nei recessi della mente. O forse è la carenza di sonno unita al casino che fa Declan in cucina, con tutto il suo sbattere di pentole e padelle.

"F-F-Fors-s-se..." tenta, poi rinuncia.

Balbetta sempre peggio. Io ho incubi sempre peggiori. Declan è più o meno il solito – da ricovero psichiatrico, quindi.

"Sapete che ci serve?" È tornato, coperto solo da un vezzoso grembiulino giallo. Tiene una terrina all'interno del gomito e mi punta contro una frusta gocciolante rossa d'uovo. "Un po' di allegria natalizia."

"Ci mancherebbe solo l'allegria! Quando mai hai festeggiato il Natale tu?" Molti mutanti lo ignorano, visto che i primi cristiani perseguitavano i nostri avi credendoli demoni.

"Io?" Fa uno scatto indietro che gli fa sventolare pericolosamente il grembiule. Molla la frusta nella scodella e si fa il segno della croce. "La mamma mi accopperebbe se scoprisse che dubiti del suo bravo figliolo cristiano."

"C'è il s-s-solstizio," c'aiuta Laurie. Ha trovato gli

3

occhiali. I fondi di bottiglia che ha per lenti gli ingrandiscono ulteriormente gli occhi, già grossi e rotondi.

"O l'Hannukkah. O la Kwanzaa. Persino il Diwali. Tutte festività dedicate alla gioia e alla luce. A chi è venuto in mente di darsi alla pazza gioia nel periodo più buio e deprimente dell'anno?" Non c'è niente di peggio che essere depressi e ritrovarsi circondati da finta felicità. "Lasciaci alla depressione, dai."

"Esatto." Butta la terrina sul banco, macchiando le credenze. "Vado a prendere l'albero." Si volta, facendoci dono del panorama della sua bella luna piena posteriore. Io e Laurie gemiamo. Mi abbasso l'orlo del cappello sugli occhi.

"Laurie!" urla poi. "Vieni ad aiutarmi."

Mi trilla il telefono. Rovisto fra i cuscini della poltrona, e finalmente lo disseppellisco. Lo schermo segna una telefonata persa. Da *Colui il quale non può essere nominato*. Mi vengono i brividi, e il mio lupo uggiola, cerca di nascondersi in un angolino. È il segnale che usiamo per Lucius, il re dei vampiri.

È sempre una pessima idea essere in debito con un vampiro. Sono peggio della mafia umana – se ci si sottrae, invece di divenir mangime per i pesci si diventa involontari donatori di sangue. Comunque si muore.

Nel caso di Lucius, gli facciamo pena, quindi ci ha usati per lavoretti strambi. E non esistono lavori più strambi di quelli che ti chiede un re vampiresco. Alla fine ha conosciuto la sua compagna, e ci ha sgravati del debito.

Ma ci tiene ancora fra i numeri rapidi. Perché, come la mafia, dai vampiri non si sfugge mai.

Premo il tasto della segreteria giusto in tempo per assordarmi con l'heavy metal che strilla dalle casse che Declan ha insistito tanto per installare.

"*Deck the halls with boughs of holly...*" cantano i Twisted Sister fra le imprecazioni e gli ululati dell'irlandese.

"Spegni," grido portandomi il telefono a un orecchio e schiacciandomi il cappello sull'altro. "Sto cercando di sentire la segreteria."

Torna. È ancora nudo, tranne che per il grembiule e un berretto da Babbo Natale. Laurie ha una corona di fiori distrutta al collo.

"Ma che fate adesso?!" Sospiro.

"Non trovo l'albero."

"Non ce l'abbiamo. Non più almeno. Ricordi l'incidente coi petardi?"

"Dobbiamo comprarlo."

"No. Niente albero."

"Ci farà bene."

"Declan..."

"Guarda Laurie!" E si sbraccia come un matto, finché la stanza non sembra l'esplosione di una fabbrica di cuscini. "È così stressato che perde le piume."

Laurie fa capolino dalla nuvola piumata in un saltellio del pomo d'Adamo. "N-N-Non le perdiamo. F-F-Facciamo la muta."

"Taci." Declan starnutisce.

"Siamo tutti nervosetti," dico, "ma ho buone notizie." Sollevo il telefono. "Mi ha chiamato il re dei vampiri."

"Merda!"

"S-S-Sarebbero b-b-buone n-n-notizie?"

"Ha un lavoro da darci." Scocco al gufo un'occhiatina acida. "Meglio sempre stare attenti a ciò che si desidera."

Capitolo due

P*arker*

"Q-Q-Quale lavoro?"

"Recupero di un paio di pacchi."

"Ottimo." Declan schizza via per tornare in jeans e scarponi. S'infila una maglia e si sfrega le mani, con gli occhi d'un fiammante verde acceso. L'animale è vicino alla superficie. "Mettiamoci all'opera."

Dovrò far con calma e parlare chiaramente, come a un bambino dell'asilo. "Prima ci serve un'auto o un furgone che basti per tutti..."

"Fatto." Fa una giravolta e salta dalla finestra. Si sente un guaito di dolore.

"S'era dimenticato dei cactus," dico a Laurie. "*Tanto per cambiare.*" Mi sporgo fuori per urlargli dietro, mentre s'allontana. "Ma dove vai?"

"A vedere uno per il furgone!" grida girando solo la testa.

"A piedi?" Il gufo si stringe nelle spalle – movimento che fa svolazzare altre minuscole piumette morbide.

Mi massaggio il viso. Ah... sarà un lungo dicembre.

Due ore dopo torna con un bus Volkswagen dai pannelli arancioni scoordinati. Sul tettuccio è legato un enorme albero sempreverde la cui cima struscia sul parabrezza.

Io e Laurie usciamo di casa. "Quello cos'è?"

"Il furgone."

"E l'albero?"

Fa spallucce. "Era compreso."

Mi pizzico il naso. "Declan... hai rubato il furgone?"

In tutta risposta, si butta sul clacson. Laurie ha già aperto lo sportello per salire sul retro. Si gira a guardarmi stringendosi nelle spalle.

"Ok," ringhio sistemandomi bene il cappello in testa. "Però guido io."

Salta fuori che Declan proprio non ce la fa a rimanersene seduto buono a guardarmi le spalle, perciò lo sbatto sul retro mentre, seguendo il GPS, mi dirigo al primo posto di cui Lucius mi ha mandato le coordinate. Abbandoniamo la principale per una lunga strada sterrata. Dopo un miglio di polvere rossa, arriviamo.

"Arrivati?" Declan strizza gli occhi davanti al tozzo stabile piazzato nel bel mezzo del nulla. Di fronte ci sono due pompe di benzina, ma l'insegna dice che viene venti al litro, perciò temo sia fuori uso da un pezzo.

Ricontrollo il telefono. "Credo. Qui non prende, ma il primo pacco dovrebbe essere qui."

"Si sa cos'è? Che aspetto ha?"

"No."

"Ottimo." Si sfrega le mani. "Vediamo un po' cos'abbiamo qui..."

Smontiamo insieme per avvicinarci all'edificio. Passo una mano sulla sporcizia che oscura le vecchie finestre e posiziono le mani attorno agli occhi per guardar dentro. È un vecchio negozio; le rastrelliere sono sgombre da un pezzo – ormai sono coperte di ragnatele.

Laurie dà un colpetto alla porta, che si apre con un cigolio e uno scricchiolio che mi fanno rabbrividire.

"Per niente inquietante, eh?"

"Dai, su," fa Declan. "Secondo te il re dei vampiri ci manda a farci massacrare nel nulla più assoluto? Se voleva ammazzarci poteva decapitarci o berci tutto il sangue per conto suo."

"Così non m'aiuti," dico a denti stretti.

"Sa di abbandono." Annusa l'aria.

Ma c'è un altro odore, lievemente floreale. Lo seguo sul retro, dove non c'è altro che un registratore di cassa d'ottone dell'Ottocento. "Vicolo cieco."

Alle nostre spalle si muovono delle ombre, e si sente l'inequivocabile suono di un fucile che viene caricato. Ci giriamo contemporaneamente, terrorizzati dall'idea che ci abbiano raggiunti di soppiatto senza che percepissimo odori.

Sulla porta, col fucile puntato contro di noi, c'è una figura snella. "Generalità." La voce è di donna.

Sollevo le mani. "Io sono Parker. Loro Declan e Laurie. Siamo stati mandati da..."

Abbassa l'arma. "Lucius, il re dei vampiri. Vi ci è voluto un sacco." Si volta e si sistema in spalla il fucile. "Da questa parte."

Ci affrettiamo a seguirla. Già scende per la strada polverosa, ma in qualche falcata la raggiungiamo. È un donnino di un metro e mezzo dai capelli scuri e con mezzo chilo di matita nera attorno agli occhi nocciola. Mi è familiare.

"Ehi, ti conosco?" domanda Declan.

"Dimmelo tu, irlandesino." Gli scocca un'occhiataccia.

"Lo sapevo!" Schiocca le dita. "Sei una dei mutanti salvati dalla schiavitù."

"Tombola." Arriccia il naso. Aveva un anello lì, me lo ricordo. Ora è sparito.

"Fiona, vero?" Adesso fa il civettuolo sdolcinato. "Un bel nome irlandese per una sventola come te." Non devo neanche guardarlo per capire che sorride con quel suo sguardo. Il suo odore è diventato zuccheroso come una caramella.

La dark tira su col naso e rivolge il proprio cipiglio alla strada. In fondo c'è qualche stabile con le cornici delle porte vuote. Una città fantasma.

"Vivi qui?"

Fa spallucce.

Lancio a Laurie le chiavi del bus. "Prova a seguirci." Annuisce facendo saltare il pomo d'Adamo, e torna di corsa indietro.

L'erbaccia ha preso il sopravvento: gli edifici sono assediati da cactus e cespugli vari. Un corridore della strada ci sfreccia davanti. Poi un altro. E un altro.

Schizzano giù seguendo la nostra direzione: verso il profumo di fiori che si fa sempre più intenso.

Una parkinsonia aculeata si scuote, e da dietro fa capolino il testone d'un coyote. Gli occhi luccicano di giallo. Declan lo saluta e mi rifila una gomitata. "Guarda, tuo fratello."

"Io non sono mezzo coyote," brontolo. "Ne abbiamo già parlato." La Data X mi ha sottoposto a esperimenti. Il mio animale è un guazzabuglio di tante specie.

"E cosa sei?" chiede diretta Fiona.

Declan solleva le folte sopracciglia nere. "Sì, Parker: cosa sei?"

Un lampo di panico, e un forte odore metallico mi

riempie le narici. Il mondo intero si restringe... ora guardo attraverso sbarre rivestite d'argento che bruciano, bruciano un sacco...

Sopra di me strilla un'aquila, e batto gli occhi al sole.

"Se lo sentissi ridere lo capiresti da sola," le dice allora. "Ma non ride da un pezzo."

Espiro. "Non è vero." Sono iena solo in parte. Il resto è un bel punto di domanda. "Chi se ne frega comunque di cosa sono io. Tu cosa sei?"

Fa spallucce e sposta il fucile sulla spalla. "Rompimi i coglioni e vedrai che lo scopri."

L'aquila si fionda giù e atterra sul tetto più vicino; ci osserva.

"Ma che ha?" Mi sbraccio per scacciarla. "Cos'è questo zoo?"

La nostra guida sospira forte. "Allison."

"Allison?" chiedo.

"Me la ricordo," fa Declan. "Era l'altra mutante con te. Quella che attraeva gli animali."

"Esatto." Fa un cenno in avanti col capo. Ai nostri piedi un terzetto di lepri americane salta fuori dall'ombra di un saguaro. Il coyote si limita a osservarle con espressione perplessa. Stoica, l'aquila nemmeno guarda la carne fresca.

Sopra di noi vola uno stormo di cinguettanti fringuelli rossi.

Da uno stabile sbuca una giovane, che si scosta dalla faccia i riccioli castano scuro. Gli uccelli le atterrano su spalle e braccia, sempre cinguettando. Con quel visino adorabile e la gonna fluttuante sembra l'eroina di un film... che sta per darsi al canto.

"Cazzarola..." fa meravigliato Declan.

"Ciao. Io sono Allison. F. ha detto che mi dovete portare a Taos, no?"

11

Gli va quasi di traverso la saliva. Probabilmente perché la giovane dai lineamenti dolci chiama il re dei vampiri F.

"A Taos?" chiedo. "Perché lì?"

Fiona abbassa il fucile per controllare la canna. "Per un paio di ordini. Regali. Si sono persi."

"Andatevene, su," sussurra Allison agli uccellini. "Ditegli che siamo in arrivo."

Come un sol corpo, spiccano il volo.

Si volta allora verso l'aquila, sul tetto. "Bada a loro. Ti spiace?"

Il rapace strilla e sbatte le ali enormi, staccandosi da terra e puntando nella stessa direzione presa dallo stormo, ma a maggiore quota. Non li segue per cacciarli, ma per proteggerli.

"Incredibile." Declan fischia. "Uno spettacolino niente male."

Mi volto verso le ragazze. "Quindi dobbiamo portarvi a Taos, eh? Tutte e due?"

Fiona scarrella il fucile. "Io le faccio da guardia del corpo."

"Gliene serve una?" domanda Declan. "Ma gli uccellini le mangiano dalla mano. È una cazzo di principessa della Disney!"

"Me la cavo bene più con le prede," fa l'interessata. "Le faccio sentire al sicuro." Si sente uno squittio, e un topolino le fa capolino dalla tasca del prendisole. Lo solleva per posarlo con cautela a terra; poi questo s'infila in una crepa del terreno, accanto alla casa vuota.

"E cosa fai in caso di pericolo?" Guardo Fiona. "Ti metti a sparare?"

Mi fa un sorrisone vacuo tutto denti. "Rompimi i coglioni e vedrai che lo scopri."

Alle mie spalle scricchiola il ghiaino. Laurie è arrivato col bus.

"È vostro? Sembra uscito da *Scooby Doo!*" Allison ne sembra entusiasta.

Fiona invece è scettica. "Che c'entra l'albero?"

"Per Natale," annuncia Declan.

"Ah," fa, come avesse senso.

Faccio uno stanco cenno del capo. "Ok. Dai, Bianca-neve. Partiamo con questa parata di Carnevale."

"Fucile!" urlano all'unisono Fiona e Declan, buttandosi sullo sportello del passeggero.

Li lascio litigare per andare a prendere le chiavi da Laurie. Qualche secondo dopo si sente un guaito di dolore, e poi Fiona apre la portiera e si accomoda accanto a me. Si sistema l'arma vicino e tende una mano. "GPS?"

"Grazie." Le passo il mio telefono. "Non ha mandato le coordinate..."

"Non preoccuparti. So io dove si va."

Risistemo lo specchietto retrovisore. Laurie è dietro, accanto a un Declan ancora gemente.

Sale Allison, con uno zaino dallo sbiadito motivo floreale, e si siede in mezzo. "Ehi, ciao," lo saluta con la sua voce dolce.

Impallidisce ancor più del solito.

"Cosa c'è lì dentro?" Apre un minifrigorifero color pistacchio imbullonato al pianale, accanto a lei. È pieno di bottiglie di latte d'altri tempi, a loro volta piene di un liquido bianco.

"L-L-Latte?"

Declan ne prende una e prova ad agitarla. "Probabil-mente zabaione."

"Io non lo berrei..." lo avviso.

"E perché no? Cosa vuoi che faccia un goccetto?"

"No," urliamo io e Laurie al contempo.

"Ok, ok." Rimette via la bottiglia per recuperare la sua fiaschetta argentea. "Tanto a me non l'alcol diluito non piace."

Declan ubriaco. Proprio quello che ci serve.

Ingrano la marcia e premo l'acceleratore. Il motore dà due colpi di tosse, ma poi si accomoda su un ronzio ritmico e chiassoso. Forse riesce pure a portarci a Taos.

"Allora, come ve la siete cavata?" chiedo cauta a Fiona. Il suo odore è un po' più forte nell'abitacolo chiuso; è un tantino terroso e pepato. Non mi è ancora chiaro che animale sia, né se sia un ibrido come me. Una bastardina.

È passato un pezzo da quando le abbiamo conosciute, appena salvatesi dagli schiavisti di mutanti. Sia Declan sia Laurie avrebbero voluto conoscerle meglio, ma avevano bisogno di tempo e solitudine per digerire gli orrori cui le avevano sottoposte.

E forse ne avevano bisogno anche Declan e Laurie.

"Non male. Siamo rimasti per un po' col branco di Tucson. Sheridan ci ha insegnato a fare le bariste." Fa spallucce. "Quando abbiamo bisogno di soldi lavoriamo all'*Eclipse* e al fight club."

"Sheridan si è accoppiata con Trey, che gestisce il fight club. Ci hai mai lavorato quelle sere?"

"No," dice disinvolta, ma spruzza un odore rosso piccante. Pepe di Caienna con una punta di habanero. Mi fa formicolare il naso sensibile, tanto che devo trattenere uno starnuto. Odore di rabbia... con un sottotesto di paura? "Non lavoriamo agli incontri."

"Lo facciamo noi," dico. "Gestiamo la contabilità." Dovrebbe essere strano farsi circondare da giganteschi mutanti folli di adrenalina, dopo il periodo trascorso nelle gabbie della Data X. Ma è tutto il contrario. Attorno ai mutanti, soprattutto a quelli forti e concentrati sull'incontro, l'animale si sente al sicuro. Dovessi tirare a indovinare, direi che per Declan e Laurie è uguale.

"Avete mai pensato di entrare nel branco di Tucson?" chiede Allison. La voce è dolce, ma la sento comunque benissimo.

"No. E voi?"

"No." Adesso Fiona odora di rosso bollente, e la voce è piatta. È incazzata nera.

"Garrett ce l'ha proposto, ma..." Allison ammutolisce. Il suo odore floreale è sbiadito, come fiori essiccati rimasti troppi anni fra le pagine di un libro.

"Come noi." Mi schiarisco la gola. Proseguiamo in silenzio per un'altra decina di miglia. Declan e Laurie guardano fuori da finestrini opposti. Nessuno vuole dire la verità: rapendoci per gli esperimenti, la Data X non ci ha deprivati solo della nostra vita, della sicurezza, di parte della nostra sanità mentale. Ci ha derubati della possibilità di entrare in un branco.

Perché quando si è troppo diversi, troppo strani... non si viene accettati da nessuno.

***

Fiona

La strada si allunga davanti a noi, liscia e secca. Per le prime tre ore il panorama non è stato che deserto marrone, rocce e qualche sparuto ranch. Dal Nuovo Messico le cose si sono fatte più interessanti – ora i panorami hanno per cornice le montagne. Il viaggio non è tanto male. Una molla mi sta perforando il culo, ma il bus va bene. Dovessimo, potremmo anche abbassare i sedili e dormirci. Io e Allison abbiamo visto di peggio.

L'unico problema è l'odore acidulo dei compagni di viaggio. Cucciolo, Trìstolo e Uccèllulo. Trìstolo ce l'ho accanto; la mano ferma sul volante, lo sguardo riflessivo sul volto ombreggiato dal cappello. Pensa cose tristi. Sa di frutta troppo matura.

Allison è dietro, e il suo profumo di fiori d'arancia lo penetra quasi tutto. Uccèllulo, il gufo che odora della luna piena d'una notte invernale, le sta accanto rigido. Dietro agli occhiali anti-sesso ha occhi enormi. Ogni volta che si muove gli volano fuori piume dai capelli.

"Cosa sono quelle penne?" gli urlo. "Le stai perdendo?"

"Ma no," fa Allison. "Fa la muta."

"Quel che è. Fra un'ora potremo riempirci un piumone a due piazze."

Allison mi lancia un'occhiata delusa dallo specchietto retrovisore. "Non dice sul serio," sussurra a Uccèllulo.

Io tiro su col naso e rivolgo la mia occhiata assassina a Cucciolo. L'irlandese. Un levriero incrociato con un sacco di altra roba. Il suo odore è un mistero, come quello di Trìstolo, ma zuppo di liquore forte. Puzza di pessime decisioni prese alle quattro del mattino.

Non mi dispiace.

La prima volta che l'ho sentito m'è piaciuto subito, ma l'animale era troppo nervoso per avvicinarsi a chiunque tranne che a Allison. Allison per i miei sensi è come Xanax. E io Adderall. In due facciamo una mutante mezza sana.

Che schifo essere tanto a pezzi da aver bisogno di un'amica per stampella. Allison non se n'è mai lamentata, né mai lo farebbe. Deve però far schifo anche a lei – vivere ai margini della società. Non riuscire a entrare in un branco.

Il mio animale non riesce più a stare in grossi gruppi di mutanti forti. Non dopo che l'ultimo 'branco' mi ha venduta agli schiavisti. Alla fine non erano leali con me quanto io lo ero con loro solo perché il mio animale era diverso.

Peggio per loro – ma col cavolo che mi rinfilo in un altro branco! Almeno finché non troviamo un gruppo di mutanti che ci facciano sentire a casa.

Mi brontola lo stomaco. Trìstolo mi scocca un'occhiata, ma senza dir nulla. Cucciolo incrocia il mio sguardo nello specchietto e solleva la fiaschetta per offrirmi whiskey per pranzo. Scuoto il capo e do una pacca al fucile, nel caso in cui si facesse insistente.

"Ah, bella, sai usarlo, eh?" L'accento alla *Danny Boy* è più marcato quando parla con me.

Mi stringo nelle spalle e mi giro a guardare fuori dal finestrino. C'è il cartello della mia catena di fast food preferita, ma poi vedo qualcosa di più inquietante. Una fila di tre grossi SUV neri dai vetri oscurati.

"Esci qui," dico a Parker, ossia Trìstolo. Dietro si tirano belli dritti sia Declan sia Laurie.

"Adesso?" Fa per girare la testa, e gli sibilo, "Non guardare. Fallo all'ultimo. *Adesso!*"

Si butta sulla corsia di destra. I SUV ci superano. I finestrini opachi non mi fanno vedere niente se non il riflesso del nostro furgone.

"Chi erano?" domanda Parker.

"Non ne ho idea. Nuovo percorso, dai." Pesco la mappa sul suo telefono. "Gira a destra allo stop..." Lo guido per una serie di svolte che ci riportano sulla principale. Non possiamo mica fare stradine fino a Taos!

Adesso lo stomaco brontola con più vigore. L'animale vuole nascondersi dietro a un fast food e sparire in un cassonetto.

Quando mi rioffre la fiaschetta, stavolta l'accetto e mando giù un sorso. Il whiskey mi brucia la gola, ma nelle profondità della pancia si diffonde un dolce calore... è sorprendentemente buono.

Glielo ridò. "Grazie."

"Credi che li abbiamo seminati?" chiede Parker.

Guardo gli specchietti. È passata quasi mezz'ora. Sto per dargli il via libera che riappaiono, in marcia come formiche, uno alla volta. Tre SUV neri. Finestrini oscurati eccetera.

"È ufficiale." Risprofondo sul sedile. "Ci seguono."

Capitolo tre

D*eclan*
   Come capendo che li abbiamo visti, s'avvicinano, tagliando la strada al furgone di un pittore e al minivan azzurro di una casalinga indaffarata. Altro mezzo miglio e ce li ritroviamo nel culo.

   Cerco di concentrarmi per vedere di riconoscere delle ombre dietro ai vetri illegalmente tinti, ma continuo a distrarmi. La piccola dark sul sedile davanti odora di succoso hamburger con contorno di patatine. Come me le friggeva la mamma. Mi fa impazzire il lupacchiotto.

   E che sventoli il fucile non aiuta. È sexy da morire.

   "Faccio io." Abbassa un finestrino.

   "Ehi, rallenta," sibila Parker. Questa cazzo di cautela m'infastidisce, ma in questo caso è giustificata.

   "Non puoi mica sparare in pubblico," le dico. Lei mi sfodera i denti. Ha canini piccini, più spuntati che affilati. Ma che animale sarà? Di solito denti spuntati vogliono dire preda, ma non ce la vedo a giocare a nascondino. Vabbè, forse fa tanto la spaccona per paura. Nell'odore ha un certo calore, come pepe sulla fettina di Monterey Jack da piazzare su una polpetta di manzo.

Mmm... squisito, cazzo.

"Non ci prenderanno vivi," ringhia. Coi capelli neri lunghi fino alle spalle e l'esagerato trucco degli occhi, sembra una principessa guerriera. Una principessa guerriera con libero accesso a un negozio di trucchi.

"Non esageriamo, dai." Accelera, scivola nell'ultima corsia di sinistra. I SUV ci seguono. "Pensiamoci bene, su."

"Chi sa della missione?" domando.

"I vampiri di merda," ringhia Fiona.

"Ma non ha senso." Parker allunga il collo verso il sole. "C'è ancora luce. Non possono uscire..."

"Ma i finestrini sono oscurati," dice Fiona. "E se continuano a starci dietro, prima o poi farà buio."

"Cazzarola," brontolo. Ha ragione. Se sono vampiri, siamo finiti in una corsa contro al tempo.

"Attento!" urla Laurie. Il SUV più vicino ha accelerato e adesso ci tampona sul paraurti.

"Reggetevi." Parker digrigna i denti e sterza a destra per imboccare l'uscita appena superata. Le ruote anteriori colpiscono la striscia di ghiaino che sta fra la strada e la rampa, e per un attimo voliamo. Atterriamo con un bel tonfo. Si sente un rumore sordo, e mi scappa una smorfia. Speriamo non fosse qualcosa di essenziale...

Parker schizza su per la rampa. Accanto a me, Allison è rimbalzata sul grembo di Laurie. Gli si aggrappa, così come lui a lei.

"Mio eroe," gli dice, e lui raggela, gli occhi grandi come piatti da portata dietro ai fondi di bottiglia.

Con un sorrisone, gli faccio vedere di nascosto i pollici su.

"Ah-ehm." Fiona mi guarda malissimo. Probabilmente non le piace vedere Laurie far le coccole all'amica.

Mi riappoggio allo schienale dandomi una pacca sulle gambe. "C'è spazio anche per te, se cerchi salvatori."

Gli occhi le prendono una sfumatura rossa, come fosse un demone uscito dall'inferno stesso. Non avevo mai visto un mutante del genere.

"Affascinante," sussurro sporgendomi in avanti.

Batte gli occhi, perplessa da tanto interesse, e la luce malevola sparisce. "Hai manie suicide."

"Mi butterei nei tuoi artigli solo per sentire il tuo tocco. Con te ne vale la pena." Ci guardiamo in uno sfarfallio di ciglia. Non ero mai stato così sincero all'inizio del corteggiamento, ma quando si viene seguiti da vampiri e si sta per morire... meglio buttar fuori subito tutto.

"La piantate di flirtare e mi aiutate con questi trogloditi?" grida Parker. Uno dei SUV è tornato sulla principale per seguirci fino all'uscita. Probabilmente vogliono circondarci, metterci in trappola.

"Gira a sinistra," abbaia Fiona, e ci guida per una serie di svolte che seguo a malapena. Finiamo su una strada vuota a corsia unica.

"Stiamo andando in montagna."

Guardo le cime. "Sicuri che il bus ce la faccia?"

"In caso contrario, andremo a piedi," fa Parker.

"Almeno finché non ne rubo un altro," aggiungo senza pensare.

"Lo sapevo." Dà una pacca al volante. "Lo sapevo che l'avevi fregato."

"Preso in prestito senza permesso, prego."

"È uguale!"

"Qui a destra," ordina Fiona, e rieccoci fuori strada.

Un altro tonfo enorme, e si accende la radio – che ci

assorda. Urliamo tutti, coprendoci le sensibili orecchie da mutanti. Come avessimo sirene da nebbia a cinque centimetri dai timpani. "Spegni! Spegni!" strillo.

"Ci sto provando!" Le dita di Fiona danzano sui pulsanti. Becca una stazione di musica country – le vibrazioni delle chitarre bastano a fare uggiolare il mio lupacchiotto.

"No lì!" grido. "Tutto tranne il country!"

Allison seppellisce il volto nella camicia di Laurie tenendosi le mani sulle orecchie. Laurie le copre le mani con le sue.

Altro giro e adesso il bus si riempie della dolcezza di Nat King Cole. "*Chestnuts roasting on an open fire.*"

"Ah, che sollievo..."

Accanto a me, Allison e Laurie ancora si fanno le coccole.

"Voi festeggiate il Natale?" le chiedo.

Annuisce. "Festeggiamo la visione di *Un elfo di nome Buddy* e lo scambio dei regali."

"Oh, bella, anche noi. Ah, il Natale..." Scuote il capo, mandando nella mia direzione un'altra zaffata di squisito fritto. Le zanne mi si sono allungate a sufficienza da tagliarmi la lingua. Ah, che voglia di un bel bocconcino della piccola dark... giro la testa per respirare un po' d'aria fresca.

"Che ti prende?"

"Ah, mia adorabile Fiona... troppe cose perché possa dirtele."

"Figurati."

In collina la radio crepita e ammutolisce. Senza gran trasporto, Fiona pigia qualche pulsante; non trova niente, quindi ascoltiamo i rantoli discontinui del bus che ansima su per la strada.

"Che succede se ci prendono?" bisbiglia Allison.

"Non ci prendono," dico – perché è impensabile!

"N-N-Non ti preoccupare. Ti proteggo i-i-io," le sussurra Laurie. Allison pare accettare la cosa, ma Laurie mi guarda disperato.

Dovessero essere davvero vampiri, una volta sceso il buio saranno molto più potenti. E a ogni miglio che percorriamo il sole è sempre più basso nel cielo.

Ci serve un piano – e subito anche.

***

Allison

Il piccolo bus Volkswagen rantola e sbuffa su per la montagna. Siamo tutti tesi in avanti, come se il nostro peso potesse dargli più slancio.

Accanto a me, Laurie è tutto proteso. È tanto alto che le ginocchia superano di trenta centimetri il sedile. Ogni volta che ne ho l'occasione mi appoggio al suo braccio. Gli sale il rossore su per il collo, ma non mi dice mai di smetterla.

Alcune notti, quando i lamenti di Fiona mi svegliano, nel sacco a pelo fantastico di ritrovarmi cullata da bianche piume. Mi fa sempre sentire al sicuro.

Adesso mi rendo conto di cosa immaginavo.

Ma non c'è tempo di pensarci: siamo in fuga.

"Sali il più possibile," dice Fiona.

"Ci sto provando," fa Parker a denti stretti. Da sotto il bus sale un lungo lamento. Di tanto in tanto mi arriva una zaffata di olio bruciato e grattare di ingranaggi.

"Posso chiamare aiuto," dico.

"Quassù non c'è campo, bella."

"Non in quel senso," ribatte brusca Fiona.

Escludo le chiacchiere per cercare di capire a chi rivolgermi. Quale animale ci sarebbe più utile? I coyote, forse un puma. Ma i vampiri quelli lì li ammazzano come ammazzano noi – forse fanno anche meno fatica. Sarebbe crudele condannarli alla fine.

Quando arriviamo a una cengia a metà salita, il furgone tira gli ultimi.

"Fermati qui," fa Fiona.

Laurie si sporge su di me per aprire la portiera.

"Datemi qualche minuto," dico.

"Muoviti però."

"Credi che funzionerà?" sento chiedere Parker.

"È l'unica idea che abbiamo," risponde Declan.

Lo sportello sbatte, e Fiona viene a grandi passi da me, sollevando ghiaino con le Dr Martens. "Pensa al predatore più grosso e cattivo che ti viene in mente."

Annuisco e mi volto verso il vento. Immagino la mia energia come una palla di luce bianca che mi accerchia tutta a qualche metro dal corpo. Poi la concentro in un raggio, che scaglio al vento.

Non lo faccio con la voce o con lo spirito. Lo faccio con l'odore.

Chiedo aiuto, e poi immagino che l'aria dia forma a un'ombra gigantesca. E poi a un'altra. E a un'altra. Creature muscolose in un vortice di potenza. Immagino si solidifichino in un muro attorno a me, a Fiona e a tutti i passeggeri del bus.

Mi viene un formicolio ovunque. Accanto a me Fiona starnutisce – come sempre quando il mio odore si fa particolarmente intenso.

Immagino che i guerrieri d'ombra si mescolino in una potente fortezza luccicante. Di cui riempio la torre d'una sensazione di sicurezza. Riecco l'odore gelido, l'impressione di sprofondare in cuscini, le piume che mi sfiorano il volto. La mia sensazione preferita.

Quando apro gli occhi ho le braccia all'insù, e Fiona è posata sul veicolo con gli occhi annacquati. Percepisce la mia energia, pur non comprendendola.

La boscaglia a qualche metro da qui già freme. Vi saranno nascosti degli uccellini, e topolini, topi canguro e lepri americane. Bramano di venire da me, di rispondere alla chiamata. Gli invio un messaggio: *Restate. Pace.*

Il fruscìo scema. Espiro e mi volto verso il mio pubblico. Declan mi fa vedere i pollici alti. "Non male."

A Parker scappa una smorfia, ma annuisce comunque.

Fiona avvicina la mano al mio gomito, nel caso in cui vacillassi e cadessi. A volte uso tanta energia da farmi venire le vertigini. Oggi però è stato facile.

Torno sul sedile posteriore. Laurie mi guarda con gli occhi brillanti. Come fossi la sua eroina. E qualcosa in me si rilassa. Non importa come mi guardano gli altri: un angelo, una strega pazzoide... Laurie non mi trova un mostro.

***

Laurie

Fiona chiude lo sportello posteriore e sale davanti. Io non riesco a staccare gli occhi da Allison. È bellissima con la pelle mora luccicante e i ricciolini che le fanno da morbida aureola. Qualsiasi cosa abbia fatto, l'ho percepita come una calda ondata di calda luce addosso. Ho sentito cambiare qualcosa in me. E adesso lo sento ancora, ora che mi siede vicino, ora che il suo profumo di fiori d'arancio in sboccio mi circonda.

"E adesso?" domanda Parker.

"E adesso proseguiamo. E speriamo che il furgone di Scooby Doo arrivi in cima."

"Ehi, non insultare il nostro bel furgoncino!" fa Declan.

Fiona sbuffa. Verso inghiottito dagli stridii e sferragliamenti del veicolo che arranca per la strada.

Procediamo in un silenzio collettivo, come se parlare aggiungesse un peso che finirebbe per rompere l'affaticato bus – che poi ci farebbe rotolare giù, per dove siamo venuti.

Arranchiamo su per una serie di tornanti e poi un'altra, e ci ritroviamo su una cengia che dà a occidente. All'orizzonte, il sole è basso.

"Il tramonto," fa cupo Parker. "L'alba dei vampiri."

"Prosegui," dice Allison. Persino la sua voce è consolante. Vorrei stringerla fra le braccia e metterla al sicuro, nel mio grembo. Seppellirle il volto nel collo e baciarle via l'odore dalla pelle morbida.

Non oso però. Allison è la donna più bella del mondo. Ed è pure sveglia e potente. La ragazza dei miei sogni... o almeno lo sarebbe, se i miei sogni riuscissero a inventarsi una persona perfetta quanto lei.

E poi io sono io. Un casino di mutante che non riesce a tener calmo l'animale. Goffo quanto alto. Scheletrico, che vive in una vecchia casa coi suoi due migliori amici – tormentati come me.

Chi sono anche solo per sederle accanto? Non riesco neanche a guardarla. Risplende troppo.

Ma non riesco a smettere di reagire col corpo. Il bisogno mi perfora tutto. Ah, il dolore più dolce del mondo...

Osservo il tramonto a denti serrati. Siamo quasi sulla vetta, quando commetto l'errore di guardar giù.

Alle nostre spalle, due paia di fanali zigzagano su per la strada.

"A-A-Abbiamo compagnia." Mi aggrappo alla spalla di Declan. Si volta e vede anche lui, quindi si lancia in una tempesta d'imprecazioni.

"Sono loro?" domanda Parker con le spalle rigide, gli occhi fissi sull'asfalto.

"Eccome."

Fiona adesso si coccola il fucile. "Cosa facciamo?"

"Cerchiamo di seminarli." Quando pigia forte sul pedale si sente un lamento ronzante seguito da un forte rumore sordo.

Raggeliamo.

Il bus sputacchia e rallenta.

"Diamine, diamine, diamine." È Parker, che si unisce alla sagra delle imprecazioni di Declan.

Chiedo scusa a Allison con lo sguardo. Non tutti sono abituati all'uso creativo che il mio amico fa della parola 'cazzarola'.

Il veicolo giunge a fermarsi. Siamo sulla cima della strada, col muso rivolto verso il basso.

"Smontate," fa Parker mentre al contempo Declan dice, "Sì, magari riusciamo a spingerlo giù."

Ci riversiamo tutti fuori. Ora che la notte sta scendendo, l'aria si è raffreddata. Il vento mi sferza i capelli, strattona la gonna fluente di Allison. Dovrebbe sapere di fresco e pulito, e invece ha una punta acidula, metallica. Sotto sotto, puzza di scarichi vecchi. Odore di paura... e vampiro.

Fiona si è arrampicata sul paraurti per scorgerli. "Arrivano. E sono veloci!"

"Dai." Declan si fionda sul retro e si butta sul bus.

"Aspettate," urla Allison indicando la strada davanti a

noi. Stanno sfrecciando verso la vetta altri quattro fari –
puntano dritti a noi. "Siamo in trappola."

Adesso imprecano Fiona, Parker e Declan.

Allison si abbraccia. Porta felpa e cappotto, ma il tessuto
della gonna sembra sottile. Senza neanche pensare, la cingo
con un braccio, e m'avvicino per bloccarle il vento col
corpo.

"Cosa facciamo?" chiede Allison.

E non so che dire, perché ci stanno piombando addosso
dai due lati – non c'è nulla che possa fare.

No, cancella tutto. Potrei trasformarmi in gufo e volar
via portandomi dietro Allison, e forse anche Fiona. Ma al
solo pensiero il gufo si scava una fossa per sfuggirmi.

Fiona ha ingaggiato Declan perché la solleva, di modo
che possa salire su un masso. Non so se voglia fermare i
vampiri a fucilate, ma è sempre meglio che starsene con le
mani in mano ad aspettare la morte.

Parker fa il giro del bus cronometrando i nemici. "Laurie, non potresti..." Lancia un'occhiata indietro – la luce ne
coglie lo sguardo, che adesso brucia opaco d'un giallo
sempre più brillante. L'animale è vicino alla superficie.

Il gufo invece ha dato forfait. A Parker è venuta la stessa
mia idea, e mi chiede di tramutarmi per portar via Allison.
Scuoto il capo deglutendo forte. Ho un macigno in gola che
me lo rende difficile. Mi sembra d'avere un laccio d'argento
ustionante sempre più stretto attorno al collo. Quello che
mi mettevano nei laboratori della Data X. Dove mi hanno
punzecchiato e pungolato finché il gufo non ha imparato a
nascondersi.

"N-N-Non..." cerco di dire. *Non ci riesco.* Il gufo ultimamente è ben poco coraggioso. Soprattutto quanto sono
l'unico che può salvarci. Che può salvare *lei.*

"Non fa niente," dice. "Non costringerlo."

Allison mi si accoccola contro. Inclina il volto verso il mio, ma senza giudizio nello sguardo. Mi si annoda comunque lo stomaco. Fossi migliore, più coraggioso o più forte, potrei chiamare il gufo, tramutarmi e fare *qualcosa*. Invece mi faccio piccolo piccolo. Allison è in pericolo e io sono men che inutile.

Perdonami, vorrei dire, ma non riesco neanche a parlare. E il momento passa.

In lontananza si sente *flap-flap-flap*, e ci giriamo tutti verso il sole in tramonto.

"Ma è..." Allison si scherma gli occhi.

"Un elicottero," conferma Fiona.

Nella luce fioca il velivolo scivola sul terreno come un drago gigantesco. Punta dritto verso di noi.

"Merdaccia," brontola Declan. "Ma non bastavano le truppe di terra? Ci tocca pure volare?"

"Aspetta," fa Parker.

Più si avvicina, più ne diventa chiaro il contorno. Malgrado l'assurdità totale della cosa, è evidente – sui pattini è appeso qualcuno. Con addosso... una minigonna?

Per via delle pale si leva altro vento, in un vortice di polvere e sabbia.

"Arrivano," urla Fiona. Chissà se parla dei SUV sulla sinistra, ormai agli ultimi tornanti, o dell'elicottero lassù, adesso col carico ben in vista: due omoni in kilt, uno con una candida camiciona da pirata e l'altro a petto nudo.

"Eeeeeeehi!" esulta il secondo, appeso ai pattini. "Arrivano gli Orsi del Tuono!"

E molla il pattino per precipitare sulla strada, proprio davanti a un paio di SUV.

Capitolo quattro

iona

F Mi sollevo il colletto della maglietta sul naso per non aspirare sabbia. Ci ritroviamo nel bel mezzo di una tempesta di sabbia, grazie all'elicottero. Il vento mi fa piangere.

Ma osservo comunque Orso del Tuono uno scendere a terra. Per un attimo il kilt si solleva, in una risposta all'antichissima domanda di sempre: cosa portano gli orsi mutanti sotto al kilt?

Io se fossi così dotato lascerei perdere boxer e mutande.

Un altro grido di guerra, e il secondo balza giù. Atterrano tutti e due sulla strada – uno qualche metro davanti a noi e l'altro dietro. Il pilota ci fa vedere i pollici alti e sparisce.

Dandoci la schiena, partono alla volta dei rispettivi SUV.

Come una persona sola, si strappano via il kilt – donandoci un panorama dei bei culetti – prima di esplodere in orsi giganteschi. Quando caricano con un ruggito verso i nemici,

31

le zampacce sbattono con fragore sull'asfalto facendo tremare la strada.

I SUV continuano ad arrivare. Abbassano i finestrini ed ecco comparire le nere bocche delle armi.

"Copritevi!" urla Declan.

Laurie tira Allison dietro al mio masso e la copre col suo alto corpo allampanato.

Io strizzo l'occhio nel mirino del fucile, poi strillo quando mi agguantano dalla caviglia per tirarmi giù.

"Ehi, attenta!" Declan cerca di darmi copertura.

"Ma vaffanculo!" Lottiamo finché non riesco a liberarmi per sbirciare, oltre al masso, la battaglia.

Orso del Tuono uno è salito sulle zampe posteriori. Ha agganciato quelle anteriori attorno alla griglia e, proprio sotto ai miei occhi, sbatte l'intero veicolo di lato con sufficiente forza da spingerlo giù per la strada e farlo rotolare per il crinale. Allora risuonano degli spari, e Orso del Tuono uno ruggisce. Attacca di nuovo: balza sul secondo veicolo e ne strappa il tettuccio con artigli che sembrano falci. Apre in due il metallo come se il SUV fosse fatto di carta stagnola. Salta fuori una pistola per fermarlo, ma lui l'agguanta, la spezza a metà e la usa per picchiare sulla testa il nemico della macchina che sta sotto di lui.

Orso del Tuono due rifila una spallata ai suoi SUV e li spinge indietro. Le ruote ronzano nel fumo mentre gli uomini sparano all'enorme orso bruno. Le pallottole ne mordono la pelliccia, quindi rincula.

"Cazzarola," borbotta Declan. Sono in piedi senza neanche accorgermene: guardo attraverso il mirino. Le notti in cui vengo sopraffatta dagli incubi e non riesco a riposare, vado al poligono improvvisato per aprire buchi in tutte le lattine vuote che riesco a trovare. Tanta pratica dovrà pur servire a qualcosa, no?

Il SUV di testa ora si è girato. Strizzo gli occhi e miro al conducente. Il primo colpo prende la portiera. Il secondo gli fa esplodere la testa.

"Non sono vampiri," grido. "Sono esseri umani."

Perché li abbiano messi alla guida di auto vampiresche dai finestrini oscurati inondate da puzzo di fogna è un mistero cui penseremo una volta vinta la battaglia.

Sparo di nuovo, ma non riesco a prendere bene la mira – mi piovono addosso proiettili; devo coprirmi.

"Prendete qua!" Declan corre al bus per spalancarne lo sportello. Solleva un pannello posto sul pianale: sotto ci sono bottiglie su bottiglie di... boh. Roba marrone priva di etichetta.

"Che roba è?" strillo.

"Bruciabudella." Fa saltare il tappo, e già solo l'odore mi manda in fumo i peletti delle narici. Mi fa l'occhiolino, e gli angoli delle labbra mi si sollevano di loro sponte. "Più infiammabile di così si muore."

Parker accorre; c'infila dentro uno strofinaccio e l'accende.

Declan si precipita giù per la strada, poi si copre dietro ai massi finché non riesce a scagliare la Molotov in fiamme dentro a un finestrino aperto.

Corro a posare il fucile scarico per aiutare Parker ad aprire una seconda bottiglia. Quando siamo riusciti a preparare altri, lo scontro è quasi terminato.

Orso del Tuono due spinge il SUV di testa all'indietro, contro a quello in seconda fila, e con calma spinge entrambi verso un burrone. Orso del Tuono uno scolla intanto un tettuccio come fosse una scatoletta di sardine, ne estrae i combattenti armati e li lancia giù per la montagna.

Io mi fiondo in avanti per lanciare una molotov contro a un SUV. Orso del Tuono due approfitta della copertura per spalancare il cofano anteriore dell'altro, strapparne il motore e scagliarlo contro al secondo.

"Ehi, bella! Scappa!" Declan vola da me con una maschera di paura per volto. Mi sbatte addosso, tuffando entrambi a bordo strada, dietro a un masso, mentre i due SUV esplodono.

Gli orsi ne spingono le carcasse in fiamme giù per il burrone. Se ne restano spalla a spalla a osservarle rimbalzare giù per le rocce, poi si guardano e si danno un enorme cinque molto artiglioso.

Dietro di me, Laurie aiuta Allison a tirarsi in piedi. Sono coperti di polvere, ma per il resto sembrano star bene. Parker pare scosso, ma Declan si dà alle danze – neanche avesse appena fatto touchdown. Nell'aria, è forte l'odore di puro alcol etilico da centottanta gradi. Qualcuno si sta scolando la parte allegrotta di una molotov.

Vado a grandi passi da Declan per fregargli la bottiglia marrone di mano. Già solo l'odore mi divora tutto l'esofago, ma quando il liquore mi arriva alla pancia si diffonde in un calore – decisamente dovuto, a questo punto – lungo gli arti.

"Sei proprio il mio tipo, bella," si sporge per dirmi tenendosi una mano sul petto. Molto persuasivo, coi capelli scuri e gli occhi brillanti. Non avrei tanta voglia di rispondere al corteggiamento, ma il corpo non l'ha mica capito.

"Questa roba è pericolosa," brontolo, e bevo un altro sorso. Mi guarda ammiccando con le sopracciglia, e un curioso formicolio mi assale le parti basse. "Dopo," gli faccio capire muovendo solo la bocca, e mi volto per salutare i nostri salvatori.

Gli orsi sono scesi alle dimensioni di due giovani identici dalle spalle ampie e dalla corporatura alta e snella – piena di muscoli. Mani e piedi sono grossi. Non hanno ancora finito di crescere – già così comunque torreggiano sulla maggior parte dei mutanti adulti.

"Chi sono questi?" chiedo a Declan.

"Hutch e Canyon." Me li indica. "Credo."

"Canyon è quello senza maglia," fa Parker.

"Sono gemelli?"

"Trigemini. Il fratello Bern pilotava l'elicottero."

"E da dove sono saltati fuori?"

"Dal monte Bad Bear," urla Orso del Tuono uno. Mi fa l'occhiolino mentre se ne va tutto tranquillo a raccogliere il kilt dal ciglio della strada.

Il secondo arriva con una corsetta con addosso il kilt e la camiciona. "Piacere. Io sono Hutch. Abbiamo sentito un odorino strano e siamo venuti a vedere che succedeva."

"E abbiamo fatto bene," chiosa Orso del Tuono uno, ossia Canyon. "Che corsa." Raccoglie la bottiglia di brucia-budella e gli dà un'annusata.

"Non sei troppo giovane per bere?" lo rimprovera Parker.

Fa spallucce. "Non lo sono per salvarvi la coda, mi pare."

"E ve ne siamo molto grati," dice Allison.

La scorge, e resta sconcertato dalla sua bellezza. La voce gli scende di un'ottava. "Quando vuole, signorina." Lui e Hutch le fanno addirittura un inchino. Laurie batte le ciglia e 'muta' qualche altra piuma bianca.

E io levo gli occhi al cielo. I ragazzi s'innamorano continuamente di Allison e lei nemmeno se ne accorge! Però pare apprezzare le attenzioni di Laurie.

"Allora... chi erano quelli là? E perché puzzavano di vampiro?"

"Me ne sono accorto anch'io." Hutch arriccia il naso. "Umani assunti da vampiri, magari?"

"Quindi meglio darsi una mossa," dice Parker. "Il sole sta per tramontare." Gli ultimi raggi ci colpiscono obliqui, immergendo il mondo in un bagliore oro rossastro.

"Dove stavate andando?" chiede Hutch.

Parker Spiega la missione.

"Il re dei vampiri?" Adesso è Canyon ad arricciare il naso. "Credete lavorassero per lui?"

"Ma lavorassero per lui avrebbero dovuto aiutarci, non ucciderci!" puntualizzo.

"Quindi volevano fermarci?"

"Bah. Politiche vampiresche," sbuffa Declan.

"Non possono attaccare Lucius quindi se la prendono con noi," dico. "Ci credono l'anello debole."

"Be', allora gli abbiamo dato una bella spiegazione, eh?" fa Canyon.

Hutch gli rifila una gomitata. "'Lezione', ignorantone."

Canyon gli fa vedere il medio, e Hutch leva gli occhi al cielo; poi si volta verso di noi per chiedere, "Che pacco dovete prendere?"

Ci scambiamo un'occhiata fra noi quattro. "Boh," dico. "Ma è per il re. Potrebbe essere qualunque cosa."

"Diamoci una mossa, dai." Parker lancia un'occhiatina ansiosa al tramonto. "Se c'entrano i vampiri, quando scende la notte siamo spacciati."

Decidiamo di percorrere la strada a piedi mentre gli orsi spingono il bus e Parker tiene il volante. Alla fine devono scendere solo per un miglio, perché arriva Bern in jeep.

"Tempismo perfetto," fa Canyon tutto contento.

"Non sai il culo che mi sono fatto." Somiglia un sacco ai fratelli, solo che è vestito tutto di nero – kilt e stivali fighi della New Rock. Avrei la tentazione di fregarglieli, ma è un amico che ci ha appena salvati, e qualsiasi cosa si possa pensare del mio animale, ho dei principi io.

36

Aggancia il furgone alla jeep, nella quale ci strizziamo tutti eccetto Canyon e Hutch, che optano per una corsetta che gli permetta di sentire l'odore del nemico. Prendono dal bagagliaio delle scarpe da ginnastica – non mi ero neanche accorta fossero scalzi – e si fiondano tra i cespugli.

Stiamo comunque strettini. Praticamente sono in braccio a Declan!

"Scusa." Mi sposto un po', poi mi fermo. Un promontorio duro mi struscia sul didietro – molto più grosso di quanto mi aspettassi il nanetto spaccone!

"Non ti preoccupare," fa a denti stretti. Niente allusioni, solo una sfumatura di dolore nel tono. Quasi quasi mi struscerei... ma gli faccio il favore di appollaiarmi sul ginocchio.

"Non è sicuro viaggiare coi vampiri alle calcagna." Parker non la pianta di guardarsi alle spalle. Anch'io ho la pelle d'oca sulle scapole, come fossimo osservati.

"E prima o poi dovremo pur dormire," aggiungo. A Allison cala la palpebra. È in braccio a Laurie; si accoccola contro di lui finché i loro odori non si mescolano in fiori dolci e morbidi batuffoli di cotone. Che coppietta carina... dovrebbero infastidirmi, ma scommetto che Laurie farebbe qualunque cosa per renderla felice.

E Allison se lo merita.

"Ci serve un nascondiglio," dice Parker.

"So io dove." Bern pigia sull'acceleratore.

Capitolo cinque

eclan

D È il crepuscolo quando arriviamo al covo, il quale consiste in una minuscola baita nascosta sul versante di un monte innevato.

"I miei fratelli vivono da quella parte. E questa," commenta Bern. "E laggiù. Ah, e Darius questo fine settimana è qui, e casa sua è per di là."

"Avete quattro fratelli?" chiede Fiona. È seduta sulla mia gamba, con in braccio il fucile e tutta china in avanti per non pesarmi troppo addosso. Io a malapena evito di seppellirle il viso nei capelli per il morsino dell'accoppiamento.

"Cinque. Teddy e la compagna sono in California." Parcheggia, e Fiona salta giù di scatto, spalanca lo sportello e smonta.

Complimenti, Declan. Hai spaventato questa poverina.

"Ma dove siamo?" domanda Allison. Laurie l'aiuta a scendere dalla jeep, e restano mano nella mano. Sta superando la timidezza, ok, ma chi avrebbe mai pensato che il nostro gufetto fosse più seducente di me?!

"Benvenuti al monte Bad Bear." Va verso la baita. "Qui

sarete al sicuro." Il portone si apre con uno scricchiolio, e ci fa segno di entrare.

Mi aspettavo qualcosa di uscito da un film dell'orrore, invece è pulita e accogliente, anche se un pochino angusta. Ci sono un divano vicino alla porta e un lettino nell'angolo in fondo. Nell'angolo opposto, presso alla finestra, un cucinino con minifrigorifero. Tutto, dalle tende alle coperte del letto e del divano, è dello stesso tartan rosso e verde.

"È piccino," fa Bern. "Ci sono solo una stanza e il gabinetto esterno sul retro. Spiacente."

"Va benissimo. Come hai detto tu, qui saremo al sicuro. Nessuno sentirà il nostro odore," risponde diplomatico Parker. Trascura di dire che un denso muschio di orso mutante copre qualsiasi cosa.

"Che allegria qui dentro." Fiona va a una libreria piena di tascabili e dà un colpetto con le dita alla serie di figurine intagliate nel legno che ci sono sopra. Orsetti, volpi e lupi in miniatura, tutti con cappellini e sciarpine addosso. Lei e Allison vanno in amorevole visibilio.

Deglutisco. La baita è dolce e allegra, soprattutto quando Bern accende il fuoco nel caminetto di pietra. Pare uscita da un film ad ambientazione natalizia – chissà perché non la reggo proprio.

"Io mi metto di guardia." Esco a prendere una boccata d'aria fresca.

"Ma che ha?" sento chiedere Fiona da dietro il pesante portone di legno. Maledetto udito da mutante. S'è sentita bene la pietà. Parker risponde qualcosa che, per fortuna, non riesco a sentire.

Il levriero uggiola. Vuole tornare da Fiona. "Lo so," borbotto. "Lo so." Supero la jeep di Bern e il bus distrutto. Nemmeno la frescura della notte e il profumo di neve e pino selvatico bastano a sciogliere il nodo che mi stritola la gola.

Il portone si spalanca ed esce con una corsetta il ragazzo. Se anche si accorge che sono di pessimo umore, comunque non vi fa cenno. "Mio fratello Axel è un asso con le auto. Gli porto la vostra, così per domattina dovrebbe essere a posto."

"Grazie, bello."

"Figurati. Vi mando mio fratello Everest con qualcosa da mangiare." E con quell'urlo finale, gira con maestria jeep e rimorchio e sparisce.

Con un sospiro, levo gli occhi all'infinito cielo trapunto di stelle. Mi si stringe il cuore, neanche fosse un frutto zuccheroso – troppo morbido per cavarne qualcosa – soprattutto per me.

Si spezza un rametto, e un delizioso profumino di cena mi avvolge. *Fiona.* Deve avermi seguito all'esterno. Non mi volto. "Hai intenzione di rimanertene appostata nell'ombra o vieni a parlarmi, bella?"

Sbuca da dietro la baita spostandosi dietro alle spalle i lunghi capelli scuri. Fra il corto toppino nero e i jeans neri a vita alta emerge una strisciolina di pelle abbronzata. Ah, che voglia di schiacciarci la faccia per annusarla tutta...

Probabilmente mi affonderebbe quei dentini taglienti nell'orecchio.

"Sei tu ad appostarti."

Sbuffo.

"Nah, vero. Quelli tanto depressi da lasciare il calore di una bella baitina per il freddo e gelo della notte non hanno l'energia per fare la posta a nessuno."

"Sei uscita anche tu."

Tira su col naso. "Sì, be', stanno preparando cioccolata

calda e vin brûlé. Tutta questa vita domestica mi fa venire voglia di vomitare."

"Cazzarola, se hai ragione." La morsa al petto s'è allentata – chissà come – però mi formicola la mano. In momenti del genere di solito agguanto una bella bottiglia, ma mi sono dimenticato di prenderne dal bus prima che Bern partisse.

"A Allison piace Laurie," annuncia. "E io approvo."

"Chiamo i giornali."

"Ehi, non approvo tanti maschi, eh. Ma il tuo amico ha un buon odore. E poi, dovesse farle del male ci imbottirei il materasso."

"Mi sta bene." Trovo un tronco a terra e lo spolvero dal sottile strato di neve che lo copre per accomodarmici. Fiona incombe nelle vicinanze, e il mio animale è in piena allerta – si chiede quando scattare. Le leccherebbe via di dosso tutto quel profumino di patatine fritte, se glielo permettessi.

Stringo la presa sul guinzaglio e reclino il capo all'indietro per abbeverarmi dell'aria notturna.

Dopo un istante si siede accanto a me. Ne sento il calore attraverso i vestiti. Mi scalda il lato destro del corpo, lasciando il sinistro gelido.

"Quante stelle stasera," dico.

"Qui c'è meno inquinamento luminoso. Bello."

Mi viene la pelle d'oca su per il fianco. Potrei guadagnare qualche centimetro dalla sua parte, metterle il braccio sulle spalle. Lasciarla posarsi su di me. Ficcare il naso nei suoi capelli nero splendente, annusarne l'odore alla fonte...

...invece alzo lo sguardo sulla luna. "Ma è una casa sull'albero quella?"

Salta in piedi. "Sì!"

Allunghiamo il collo. È facile perdersela – si confonde benissimo con l'ambiente, minuscola e annidata com'è fra tre altissimi pini gialli.

"Secondo te come si sale?" Va alla base di uno degli alberi. Niente scaletta.

Faccio spallucce. "Boh. Gli orsi si arrampicano. Credi... credi si debba scalare il tronco?"

"Là!" Mi indica un altro tronco. "I pioli sono inchiodati."

Ha ragione. Alternandosi sui due lati, emergono piccoli pioli che salgono fin al pianerottolo della casetta, dove si apre un buco che permette di strisciarci dentro.

Saliamo per esaminare l'interno piccino. Da pavimento fa un'asse di legno ben costruita di due metri e mezzo per due coperta da un tappeto di lana ovale. Pur aperta sul lato che guarda dall'alto il monte, un solido tetto con una lunga sporgenza la protegge dalla neve; il tappeto poi è caldo e asciutto.

Fiona vi si sistema, la schiena posata contro alla parete per ammirare il panorama. Io mi siedo vicino a lei.

"Voi tre vivete ancora a Tucson?"

"Eh già." Per un po' abbiamo abitato una serie di camper malmessi, affidando l'affitto a scommesse sicure giocate al fight club dei mutanti. Al momento casa nostra è di proprietà del re dei vampiri. È il suo modo di tenerci vicini vicini, come un acconto.

Ma questo mica glielo dico.

Inspira per aggiungere qualcosa, ma a qualche metro da noi, nel bosco, c'è movimento.

"Hai sentito?"

Gli occhi le luccicano di bianco, poi di rosso acceso. "Cosa?"

"Laggiù," sussurro indicandoglielo. Guardiamo nel buio del bosco trattenendo il fiato. Qualcosa si muove. Qualcosa di grosso.

Riconosco l'istante in cui se ne accorge anche Fiona,

perché mi prende per il braccio. Il contatto mi fa correre una scarica elettrica giù per il fianco. L'uccello va sull'attenti, i denti si digrignano. Non è il momento di saltarle addosso, su. Anche se si sporge in avanti, anche se m'inonda di quel profumino che mi fa venire l'acquolina...

"Cos'è?" bisbiglia.

Non lo so. Sembra che fra gli alberi ci sia uno spettro gigantesco. Inspiro, ma il muschio di orso è tanto intenso che non sento altro.

Il fantasma s'avvicina. È enorme, ma non produce suono.

Il levriero leva la testa. Non ha nessuna paura – è solo curioso.

Fiona solleva il fucile e prende la mira.

"Aspetta." Le agguanto il braccio. "Non sparare."

"Perché?" sussurra brusca, ma devo riconoscerglielo: toglie il dito dal grilletto. Un piccolo atto di fiducia che è come una scolata di whiskey: mi scalda tutto.

"Aspetta e basta."

Gli alberi si scossano, e il gigante emerge; sale sulle zampe posteriori per alzare lo sguardo su di noi.

"Gesù..."

È un grosso orso bianco con un berretto rosso da Babbo Natale sul testone enorme.

"Un orso polare," bisbiglia Fiona.

L'interessato annuisce, e avanza strusciando. Tiene qualcosa nelle zampe anteriori. Posa l'oggetto e si trascina via, mescolandosi al bosco come non fosse mai esistito. Lasciandoci qui accovacciati ad annusare il pacchettino caldo che ci ha lasciato all'ingresso. Un canovaccio avvolge qualcosa di fragrante, appena uscito dal forno, che profuma di buccia d'arancia e frutta secca...

"Una... una torta?"

44

***

Laurie

È sceso il buio; l'unica luce e l'unico rumore sono il bagliore e il crepitare del fuoco morente. C'è un bel calduccio – e un profumo di sidro speziato.

Parker ha avvicinato il divano al caminetto; se ne sta appoggiato beato con le gambe allungate e il cappello inclinato sul volto. Tanto di solito dorme seduto. Non può stare comodo, ma dice che l'aiuta con gli incubi. Per sentirsi abbastanza al sicuro da addormentarsi, l'animale dev'essere pronto a scappare.

Ah, quanto lo capisco. Anch'io la maggior parte delle notti fatico a dormire. Il gufo è un animale notturno ovviamente, ma si stanca alle 'ore piccole', come le chiama Declan – quelle fra l'una e le cinque – ossia quando di solito mi arrivano gli incubi.

Stanotte il problema è diverso. Sono qui seduto accanto a Parker, sulla mia parte del divano, che faccio di tutto per ignorare la bellissima donna che c'è nel letto. L'ho conosciuta più di un anno fa, e non ho mai smesso di pensarla. E adesso che siamo qui, nella stessa stanza, è come un raggio di luce. Troppo bello perché lo si possa guardare direttamente, ma comunque attraente come la fiamma per la falena.

Chiudo gli occhi, ma non riesco a sfuggire al suo profumo. Sa di crostata di frutta e sidro di mela – ciò che abbiamo mangiato a cena. La torta era umida, dorata e molto pesante. Pare ce l'abbia portata Everest, il fratello di Bern, il che spiega il denso odore di orso mutante che inzuppava il canovaccio che la avvolgeva.

Renee Rose & Lee Savino

Che adesso però è nulla in confronto alla supernova del profumino delizioso di Allison. Se glielo permettessi, il gufo la fisserebbe per ore.

Non posso permetterglielo però. Allison mi crederà già pazzo così!

"Lawrence," sussurra, e quasi salto per aria.

È sveglia; dà una pacca alla coperta, accanto a sé.

Capisco, e la pelle mi si infiamma – neanche mi fossi avvicinato troppo al fuoco.

"Non riesco a dormire. Mi puoi abbracciare?"

Ah. Aaaah.

È ufficiale. Sono morto e finito in paradiso.

Mi sollevo dal divano per raggiungerla. Devo chinarmi sotto al soffitto obliquo. Si è messa il pigiama – un paio di pantaloncini di seta dorata e una canottiera con una fascia per capelli coordinate – e la vista della sua pelle nuda mi fa scoppiare. Il pisello si gonfia, preme contro ai jeans. Mi blocco un momento – piantala, erezione, piantala!

"Tutto bene?" La dolcezza della sua voce mi massacra.

Annuisco e mi siedo cauto sul minuscolo lettino. Per non toccarla, m'incollo le braccia ai fianchi.

Funziona... finché non sospira rotolando verso di me, schiacciando quel suo corpo perfetto contro al mio. Deglutisco a fatica e cerco di pensare al baseball.

"Grazie," dice. "Sono stanca, ma nervosa. Mi capita, dopo aver usato l'energia per chiamare aiuto."

"È s-s-stato f-f-figo. Q-Q-Quello che hai f-f-fatto."

"Parker temeva non funzionasse. Per un attimo l'ho temuto anch'io, ma poi sono arrivati gli orsi."

"L-L-Li hai c-c-chiamati tu."

"Credo di sì. Ha funzionato. Il mio animale preferisce non combattere."

Qual è il tuo animale? Frase che mi fuma sulla lingua.

46

Forse ha un motivo per tenerlo segreto. Potrebbe essere come Parker: un miscuglio di animali che nemmeno lui riesce a identificare.

Bah. Che me lo dica quando se la sente.

Si accoccola contro di me. "Grazie," ripete, e poi aggiunge – in un sussurro tanto basso che persino con l'udito da mutante la sento appena – "Tu mi fai sentire al sicuro."

Abbasso il capo per sfiorarle con la guancia i profumati riccioli scuri. Vorrei tanto abbracciarla, ma più di così meglio non avvicinarsi.

Struscia il viso nel mio petto, mi prende la mano e se la pone sul fianco. Reprimo un gemito. Non vorrei altro che catturarle le labbra...

Invece modello il palmo sulle sue curve e mantengo il respiro stabile e piatto finché non si rilassa ancor di più.

Le ciglia scure sventolano su quella pelle impeccabile. La respirazione rallenta, e capisco che s'è addormentata. Avessi più fegato le poserei le labbra sui capelli. Invece continuo a immaginarmelo e basta, attraversando la notte forte di felici fantasie.

***

Fiona

La luna sale nella mezzanotte. Io e Declan siamo seduti sul pavimento della casetta sugli alberi. Le temperature sono precipitate, ma le pareti tengono lontano il vento e c'è una pila di spesse coperte di lana – me ne sono distesa una sulle gambe per tenermi al calduccio. Non ho ancora avuto il coraggio di invitare Declan ad approfittarne insieme a me.

Ho pensato di lasciarlo ai suoi pensieri, ma l'animale

non me lo permette. Di solito coi maschi è vivace e rabbioso, ma Declan è diverso. Nell'odore ha un certo gusto amarognolo. Mi pizzica il naso, ma non m'importa. Anche il mio odore si fa più amaro.

"Allora: programmi per le feste?" chiedo.

"Quali feste?"

"Ti ho sentito, sai. Noi non festeggiamo più sul serio da quando siamo state prese dagli schiavisti..."

"E cosa c'è da festeggiare?"

È tanto cupo che mi si ferma il cuore. "Accidenti," brontolo.

Inspira forte. "Cazzarola... scusa, bella. Sono di pessimo umore."

"Non l'avrei mai detto." Ma il suo profilo ha qualcosa che mi fa venire voglia di toccargli la mascella e consolarlo.

Non mi dispiacerebbe nemmeno incollare la pelle alla sua...

Pesca la fiaschetta per un sorso. Me la porge, e io la prendo – ma senza bere. I suoi polpastrelli hanno lasciato un odore zuppo di whiskey sul metallo, e anche solo annusarlo mi dà coraggio.

Quando gliela riporgo le nostre dita si toccano, e vengo percorsa da un brivido.

Ora o mai più.

"Sai cosa mi servirebbe adesso?" faccio disinvolta – per quanto possibile.

"Cosa?"

"Una bella scopata." E sotto la coperta dimeno i fianchi.

Quasi si strozza con la sua stessa saliva!

"È passato un pezzo. Non lo faccio da..." Ammutolisco. Non è mica necessario che dica 'da quando mi hanno rapita gli schiavisti'! Ci arriva da solo.

Dà qualche colpetto di tosse per schiarisci la gola. "Nemmeno io."

"Davvero?"

Fa spallucce.

"È passato parecchio." Venne rapito e venduto a un'azienda di nome Data X un po' di tempo fa. Più di qualche anno fa.

"Ma non mi dire..."

Levo lo sguardo sulla luna. Il suo profumo mi è ancora aggrappato alle labbra. Me l'immagino sulla pelle, e comincia a dolermi tutto il corpo. Un bisogno piacevole e formicolante mi pulsa fra le gambe.

In un'ondata di energia, scosto la coperta e mi metto a cavalcioni su di lui; gli aggunto le spalle solide.

Poi raggelo. Gli occhi gli luccicano di verde acceso.

"Pessima idea, bella." Però mi porta le mani sulla vita. Indosso la solita giacchetta corta di pelle nera coi jeans neri larghi. Col pollice mi sfiora la pelle nuda, e rabbrividisco di piacere.

"Potremmo dimenticarcene poi. Solo per stanotte." Mi chino in avanti per fare ciò che desidero fin dal primo istante in cui l'ho visto. Strofino il naso contro alla sua tempia, inspiro il suo ricco odore... poi porto la lingua sull'estremità del suo orecchio.

Espira con un bel brivido. Gli viene duro – e adesso ho un obiettivo su cui cullarmi. "Solo per stanotte?" Ha la voce densa. "Sarà meglio sia un vero spasso." Mi agguanta più forte i fianchi per sistemarmi ben bene sulla protuberanza. Sulla vetta dell'uccello duro.

Mi struscio in giù, contro di lui. Già solo il movimento basterebbe a farmi venire! Ancheggio avanti e indietro, strofinandomi sempre più forte... finché non mi ferma.

"Piano, bella. Abbiamo tutta la notte."

Vero. Annuisco, già col fiatone.

Con un sorriso, abbasso la lampo della giacca e sollevo il toppino. Porto un semplice reggiseno nero, ma lo sguardo di Declan s'illumina come fossi una modella di intimo. Inarco un pochino la schiena per esaltare le tette. Sono piccine, ma ben fatte.

Poi ricordo le cicatrici. La luce della luna che penetra obliqua dal lato aperto della casetta le fa fin risplendere – squarci dovuti a una mano poco affettuosa.

Dita attorno al collo che stringono, pungente fumo di sigaretta soffiatomi in faccia, un feroce dolore che esplode nella pancia. "Stavolta fai la brava, vero?"

Batto le palpebre, torno in me. La notte è tersa, la luna inclemente sulla mia pelle segnata.

Declan si è incupito, però mi stringe le mani sulla vita, come a rassicurarmi. Il loro calore mi riporta al presente.

Adesso il mio odore è un tantino più che amaro.

"Ne ho passate delle belle." Ci vuole molto per far soffrire un mutante, e raramente ci restano cicatrici. Se però i carcerieri usano sangue di vampiro... "Ma adesso sto bene."

"Dici, eh?" Regge il mio sguardo, apparentemente capendo quello che ho passato, chi sono diventata dopo questa vita del cazzo. Non c'è pietà nella sua espressione: solo un'accettazione radicale. Cosa che prima mai avevo sentito a questo livello.

Raddrizzo la schiena, sollevo il mento. Il panico che tenderebbe a invadermi evapora, davanti al rispetto che mi riserva. "Sì." Il battito cardiaco è rallentato. Poso la mano sulla sua, gliela sposto un pochino in modo che mi apra le dita sullo stomaco.

Accarezza la cicatrice più lunga. Il suo tocco è così bello da farmi male...

Nessun altro mi aveva mai toccata lì – almeno da quando mi hanno ferita. Per molto tempo sono stata troppo segnata, troppo sofferente per permetterlo – a chicchessia. Mi sembrava di venir scorticata di nuovo, e per certi versi lo è, solo che adesso è bello. Come incidere una ferita per dare inizio al processo di guarigione.

Declan continua ad accarezzarmi con riverenza. E anche se i segni sono brutti, vederli incorniciati dalle sue dita ruvide è d'una bellezza quasi insopportabile.

"Fu una punizione. Volevano segnarmi," gli dico. "Rovinarmi."

"Non ce l'hanno fatta. Sei bella da morire, cazzarola."

Mi sporgo per chiudergli la bocca con la mia. Le sue labbra sanno di whiskey, notti al freddo, segreti, e mi scappa un piccolo gemito – mi avvicino al suo calore per assaggiarlo ancora.

Ci baciamo per un po', intrecciando le lingue. Voglio leccarlo tutto... dentro e fuori.

"Va tutto bene." Si solleva la maglia. Mi ci vuole un attimo per rendermi conto di cosa mi sta mostrando. Ha il petto compatto di muscolo ben formato, ma butterato e segnato da lunghe cuciture dov'è stato reciso da un coltello – o un bisturi.

Ha delle cicatrici anche lui.

"Posso?" Aspetto che annuisca per toccargli la pelle; rabbrividisce allora, gli viene la pelle d'oca, però mi permette di accarezzargli la pelle rovinata.

D'impulso, mi chino per dargli un bacio proprio lì.

Rabbrividisce. "Fiona..." Mi prende nelle mani le guance per riguidarmi al suo volto. Tocca a lui adesso baciarmi per non farsi toccare un punto troppo vulnerabile del corpo.

I baffi mi grattano la faccia. Gli chino il capo verso il

seno – ho bisogno di sentirmi graffiare sulla pelle sensibile: il dolore di contrappunto a un piacere travolgente.

Allungo le mani verso i suoi jeans. "Hai addosso troppa roba."

Mi distende sulla schiena per piazzarmi la bocca su altra pelle nuda. Io frugo in cerca del bottone dei pantaloni. Smette di baciarmi le tette per aiutarmi. Quando abbiamo abbassato la cerniera, lo spingo via per cavalcarlo di nuovo. Ci rotoliamo sulle foglie, ma non me ne frega niente.

Mi abbassa il reggiseno e si solleva per succhiarmi i capezzoli – sensazione che mi percorre tutta di delizia... gli agguanto la testa per tenergliela ferma lì. Mi struscio intanto sul suo uccello nudo.

"Ti voglio dentro di me."

Ringhia, vibrazione che mi fa quasi venire. Abbasso le mani per agguantargliielo tutto e sfregarglielo. È già duro e pronto, e io sono abbastanza zuppa da accoglierlo.

Mi tira i jeans, quindi mi alzo perché me li levi. È un casino, perciò ci rotoliamo di nuovo perché riesca ad abbassarmeli sulle gambe. Mi divincolo per sbarazzarmene, faccio sparire anche le mutande e lo ributto sulla schiena. Devo stare sopra io, e lui me lo lascia fare – mi passa le mani sul retro delle cosce, come a consolarmi.

Mi dimeno finché non si piazza al mio ingresso, ma quando cerco di ingoiargliielo tutto scopro di averla troppo stretta.

"Oh, cazzo," rantolo.

"Piano," mormora. "Che fretta c'è."

Gli affondo le unghie nelle spalle. "Ho voglia," mi lagno. Non appena mi divarico un tantino, mi abbasso ancora.

"Aaah," gemiamo insieme. Mi strofina il naso sul viso, mi mordicchia le labbra. Mi agguanta il culo – senza spingere: mi stringe e basta. Muovo io i fianchi per affondare ancora un pochino.

Siamo petto a petto. Gli infilo la faccia nella piega del collo per adattarmi a lui.

"Che bello." Batto i denti – mica dal freddo.

Mi accarezza i capelli. "Ah, bellissima donna... sei stupenda."

Inclino il capo per baciargli la mascella. Mi trova le labbra e ci baciamo così, piano e con dolcezza, mentre mi s'ingrossa dentro. Alla fine riesco a farlo entrare ancora un po', e quando si muove mi si struscia sulle pareti interne con pressione perfetta. "Oh, sì..."

Dà una spintina, e io mi cullo su di lui. Ci vuole qualche tentativo, ma troviamo il nostro ritmo – avanti e indietro, avanti e indietro finché non mi tocca un posticino delle viscere e vengo inondata dal piacere.

"Sì," sussurro. "Ancora."

Adesso siamo sul fianco, faccia a faccia. Io tengo la gamba sulla sua coscia e lui mi regge il ginocchio in alto con la mano. In questa posizione non dovrebbe funzionare, e invece oscilliamo in sincronia perfetta – una meraviglia.

Tocca un altro posticino, e gli graffio la schiena.

Gli occhi gli luccicano di un bel verde ferale.

Mi dolgono i denti, le zanne si allungano. L'animale è vicino alla superficie, mi spinge a denudargli la spalla per mordergliela. Allora seppellisco il viso nella sua maglia per inspirarne ancora l'odore.

Approfondisce le spinte – pressione che unita al suo denso profumo agrodolce mi fa scoppiare. La sua maglia soffoca il mio urlo. Sopra di me lui trasalisce in un'improvvisa risata sorpresa, e mi segue oltre il baratro. Quando viene l'uccello mi scava ancor più in profondità, innescandomi dentro una serie di ondate che mi fanno rabbrividire fra le sue braccia. Mi reclina all'indietro per tempestarmi di pazzi baci – su guance, petto, mandibola. Mi lascia indugiare le labbra sul collo, o almeno così mi pare, anche se alla fine mi ritrova la bocca, e ci baciamo lentamente, con dolcezza, mentre dentro di me l'erezione s'ammorbidisce.

Prende un'altra coperta per entrambi. È pesante, ruvida e perfetta – intrappola il nostro calore febbricitante, in modo da scaldarci bene. Declan mi stringe nelle braccia, e io mi accoccolo contro di lui. Mai avrei pensato fosse un coccolone.

Cavolo, mai avrei pensato di essere una coccolona *io*!

"È stato bello." Sbuffa, allora mi correggo. "Più che bello, dai." Il suo caldo peso accanto a me è giustissimo.

Sorrido alle stelle. L'aria della notte è fredda, ma sotto alla coperta si sta proprio benino.

"Quassù è una meraviglia. Temevo il peggio, con tanti orsi mutanti in circolazione, invece non è così male."

"Credevo preferissi vivere vicino al branco di Tucson. Al sicuro."

Faccio spallucce. "Evitiamo le città. Anzi, io le evito; Allison si adegua." Non dice nulla, ma ho voglia di aggiungere qualcosa. "Al mio animale non piace stare vicino ad altri mutanti. Non si fida. Fu il mio vecchio branco a vendermi agli schiavisti."

"Cazzarola."

"Già." Soffio un bella nuvoletta d'alito. Non l'avevo mai detto a nessuno, ma parlare con Declan mi riesce facile. "Probabilmente non gli piacevo poi tanto." Resta zitto, ma percepisco che sa cosa vuol dire non sentirsi accolti. "E voi?" domando. "Non fate parte di nessun branco?"

"No. Stiamo per conto nostro."

"Chi mangia solo muore solo." Un po' lo prendo in giro, ma un po' lo rimprovero anche.

Solleva un cespuglioso sopracciglio nero. "Potrei dire lo stesso a voi, bella."

Grugnisco adesso. Ha ragione. Saremmo più al sicuro in un branco. Ma anche trovassimo mutanti di cui fidarci, che branco ci toccherebbe in sorte? I lupi di Tucson sono gentili, certo, ma non c'entriamo niente. I nostri animali riconoscono la differenza fra una tollerante compassione e la vera accettazione.

Ah, quanto vorrei fossimo orsi… tendono a esser solitari, ma hanno animali così violenti e grossi che la sicurezza è l'ultimo dei loro problemi. Non gli rompono le palle nemmeno i vampiri!

L'animale si sta immusonendo, perciò devio i pensieri su altro. "Allora, che regalo vuoi per Natale?"

"Perché? Hai intenzione di vestirti da Babba Natale sexy? Vuoi esaudire tutti tutti tutti i miei desideri?"

Rispondo con voce bassa e suadente. "Forse…"

Inspira a fatica, e l'aria fredda s'addensa in un profumino muschiato. "Desidero nevichi."

"Ma se si gela già! Fosse più freddo, non me ne starei qui con te. E poi non sei contento che sia venuta quassù?"

"Sì, bella. E credo tu ce l'abbia chiarissimo." Si sposta un pochettino per scavarmi la gamba con l'uccello.

Sollevo le sopracciglia. "Ancora?"

Altra risata – suono delizioso che mi serra le viscere. "Perché no?"

Capitolo sei

Declan

Il problema del dormire all'aperto è che ci si sveglia all'alba. Purtroppo succede prima a Fiona, e mi sparisce. Il suo odore conduce alla baita, perciò sarà andata a ripararsi al calduccio.

Peccato. L'uccello era pronto a un altro round.

Una sola notte.

Meglio non mi resti vicino, va'. Mi si sono allungate le zanne, pronte al morso dell'accoppiamento, e l'animale è confuso. Vuole sapere perché non l'ho marchiata quando ne ho avuto modo.

La porta si apre con un cigolio, ed esce Parker.

Annusa con gran teatralità l'aria, e mi scorge sulla casetta, sopra di sé. "Hai avuto fortuna stanotte, eh."

Lo guardo in cagnesco.

"Pessimo umore? Ma se te la sei fatta!"

"Potresti alzare un pochino il volume della voce? Sull'altro versante della montagna non hanno mica sentito." Mi alzo e mi levo la coperta di dosso. Il tessuto è pregno del mio odore combinato a quello di Fiona, un miscuglio che quasi mi stende. Vorrei piegarla in due e affondarci la faccia. Vorrei correre da lei, infilarle le zanne nel collo e marchiarla come mia compagna.

Invece la piego con cura.

"Rilassati, dai," fa. "Ti stavo facendo i complimenti."

"Per cosa? Ci siamo solo sfogati." Scendo dal tronco, sul terreno nevoso.

Parker mi viene incontro. "Non... non ti piace?" Ha abbassato la voce, ma un mutante lo sentirebbe comunque, fosse in ascolto. Speriamo di no.

"Ma sì che mi piace. Che importa comunque? Voleva solo una notte."

"E tu ne vuoi altre... ma gliel'hai detto?"

"No. Perché dirglielo? Cosa potrei offrirle? Quando sarà tutto finito, torneremo al nostro squallore, a bere fino a rincoglionirci finché il re vampiro, mosso dalla pietà, non ci darà l'ennesimo lavoretto."

"E le feste? Eri tutto contento del Natale!"

"Sbagliavo. Avevi ragione tu. Non ha senso fingersi felici. Meglio essere quello che si è." Raccolgo una pigna. "Soli e depressi."

Resta zitto. Lo sento che vorrebbe contraddirmi, ma come fa? È messo come me.

Mi riscuoto. Il levriero uggiola: glielo permettessi, si crogiolerebbe nell'avvilimento tutto il giorno. "Prendi la macchina, ché andiamo a prendere la colazione. Prima finiamo questa maledetta missione, prima torniamo a casa."

***

Parker

A metà mattina ormai siamo al Volkswagen bus appena aggiustato. Il trigemino Axel l'ha accomodato a meraviglia. Hanno persino bagnato la iuta che contiene terra e radici, e l'albero legato al tettuccio s'è fatto più vivace.

Allison, Laurie e Declan montano dietro, e Bern chiude lo sportello.

"Sicuri non vi servano rinforzi?" domanda Hutch sporgendosi sul lato del guidatore. "Oggi avremmo compito di chimica, ma possiamo saltarlo per scortarvi..."

"Avete già fatto abbastanza." Sventolo una mano verso il cruscotto, dove la spia della benzina indica che hanno fatto il pieno. "Anche di più! Andate a fare il compito, su."

"Sicurissimi? Possiamo chiamare un amico." Canyon estrae il telefono. "Fra le chiamate veloci ho una puzzola... lasciate che ve lo dica: mangia fagioli da giorni."

"Molto generoso da parte vostra," dico, "ma dobbiamo declinare. Dubito che oggi incapperemo in guai."

"Perché poi i vampiri dovrebbero avercela con voi?" chiede Bern.

"Non ne hanno ragione," dice Fiona. "A meno che non s'annoino."

"Forse non vogliono che F dia il regalo alla compagna," fa Allison.

"Credono che senza regalo lei lo lascerebbe?" fa l'amica.

"Bah, chissà come ragionano quelli là," dico. "Politiche vampiresche. Fanno venire il mal di testa."

"Ok, dai. Se siete sicuri di cavarvela..." Hutch arretra, e avvio il motore.

Mezz'ora dopo, rieccoci sulla principale, diretti a Taos.

"Solo novanta minuti alla città e al punto d'incontro," annuncia Fiona.

"Ma come fa il re vampiro a sapere dove mandarci?" brontola Declan. Sprizza gioia da tutti i pori da stamattina.

"Il regalo ha un dispositivo di tracciamento integrato," spiega Allison. "Quando saremo abbastanza vicini, lo percepiremo anche noi."

"Ma cosa sarà?" m'interrogo a voce alta.

Un sorriso illumina tutta Allison. "Vedrai..."

"Meglio ne valga la pena," dice Declan.

"Per F sì," dice Fiona. "E paga lui."

"Io l-l-lo trovo d-d-dolce."

"Già. F farebbe qualsiasi cosa per far felice la compagna," concorda Allison. Si sporge verso Laurie, che va in agitazione ma senza perdere piume – non l'avevo mai visto tanto a suo agio.

Piombiamo nel silenzio; guardiamo le dorsali rosate dei monti Sandia, le case di mattoni d'argilla, i graffiti di bisonti sotto i cavalcavia. Le miglia scorrono lisce, come sabbia dorata d'una clessidra. Il viaggio non è male, e qualsiasi cosa abbia fatto stanotte Axel al bus, gli ha sicuramente dato nuova vita. Ma più ci avviciniamo alla destinazione, più mi si agita l'animale. Quando entriamo nel canyon perdiamo campo – il che mi innervosisce. Questo è il posticino perfetto per un'imboscata.

Fiona sembra condividere la mia agitazione. Si aggrappa stretta al fucile. "Piuttosto stupido mettersi a derubate il re. Siamo sicuri ci siano sotto i vampiri?" mi chiede piano.

"Io non sono sicuro di niente. Ma chi altro potrebbe essere?" Pensiero che m'inquieta. Arriveremo nei pressi di Taos, alla destinazione, quando sarà ancora pieno giorno, certo, ma riusciremo a recuperare il pacco e tornare indietro prima del tramonto e dell'uscita dei vampiri?

Ci supera di corsa un carro funebre truccato, nero e coi cerchioni sollevati.

"Cazzarola..."

"Tipico veicolo vampiresco, direi," sbuffa Fiona.

"Sicura?"

"Vetri oscurati per bloccare la luce del sole."

"Come i SUV di ieri sera," ribatte Declan. "E quelli lì erano umani."

"I vampiri assumono anche umani," faccio io. "E pagano mutanti. Sono tutti ricchi sfondati."

"Ma come mai?" dice Fiona. "Di mutanti messi così bene non se ne vedono in giro. A meno che non siano di vecchi branchi dinastici... o Jackson King. O dei vecchi branchi danarosi di New York City."

Sollevo le sopracciglia. Sa più di quanto pensassi sui mutanti, visto che vive in pieno isolamento nel deserto. "Anatocismo. Investi in una cosa e aspetti qualche decennio. Poi passi a un investimento moderno e ricominci da capo. Dopo secoli anche il minimo interesse capitalizza l'investimento originario in milioni. O miliardi."

"Eh?" dicono al contempo Fiona e Declan, ma Allison annuisce. "Mera matematica," spiega.

"Ah," borbotta Fiona.

Stringo la presa sul volante. L'animale odia parlare di vampiri.

Siamo a metà attraversamento del canyon, quando alle nostre spalle compaiono dei SUV neri dai finestrini oscurati... ed è quasi un sollievo.

Pigio sull'acceleratore, ma guadagnano terreno – e con le pareti di roccia che ci attorniano non abbiamo via di scampo. Alla mia sinistra, il sole lampeggia sul fiume.

Giriamo l'angolo, e il carro funebre ci aspetta con altri due SUV neri: ci sbarrano la strada. Siamo intrappolati fra il carro davanti e i SUV dietro.

Sterzo brusco. Le gomme stridono sul ghiaino, e dentro all'abitacolo saltano tutti dai sedili.

Imprecazioni borbottate da Declan, Laurie che si tiene la testa e Allison che lo consola.

"Tenetevi!"

"D-Dove andiamo?" rantola Fiona sui rimbalzi assurdi sui massi. Sto distruggendo tutto il bel lavoro di Axel. Anche ce la facessimo, rischiamo di non andare tanto avanti.

E poi arriviamo a una vetta e una cengia, e finisce qui. Qualche metro avanti a noi c'è il burrone, sullo sfondo di un altissimo cielo azzurro. Strade finite – asfaltate o meno. Solo aria.

Siamo incastrati.

Dietro Allison e Laurie si abbracciano forte. Sia Declan sia Fiona si aggrappano stretti al maniglione sopra allo sportello. Sono tutti pronti – per quanto possibile.

Lancio un'occhiata a Fiona, che annuisce con uno scintillio rosso negli occhi neri.

"Va'."

O la va o la spacca. Spiaccico il pedale sul pianale. La levetta della velocità vola nella zona rossa. Al massimo, sfondiamo la barriera e salpiamo per il vasto azzurro.

Capitolo sette

Laurie

Voliamo. Il gufo lo sa come spiegare le ali e indirizzarle al meglio per cogliere il fiato del vento.

Ma non sto volando – non esattamente. Sono incastrato nel retro di questo bus, piegato in due. Allison è raggomitolata nel mio grembo e io sono su di lei, il viso sepolto nei suoi capelli profumati.

Se muoio, morirò circondato dal suo odore. Proprio come vorrei... ma non adesso. Non così.

Uno sciabordio nello stomaco, la sensazione di cadere e poi un bel botto, quando le gomme sfondano le rocce. Sbatto la testa contro al sedile davanti, e a Allison sfugge un lamento. Mi stringe più forte le gambe, e faccio del mio meglio per attutirle i colpi del bus, che rimbalza giù per il burrone schiantandosi su ogni masso e cespuglio che incontra.

"Aaaaaaaaaaaaaah!" urla qualcuno, strilla. Declan e Fiona, insieme. La voce del primo è di un'ottava più alta di quella della ragazza.

Tocchiamo il fondo, e le portiere si spalancano. Loro due si riversano fuori. Io un po' tiro un po' porto in braccio fuori anche Allison. Sale un sibilo che mi fa temere che il bus stia per esplodere.

La parte anteriore è accartocciata. Da sotto il cofano si leva fumo.

"State tutti bene? Ossa rotte?" grida Declan.

"Gridi come una femminuccia," brontola Fiona massaggiandosi l'orecchio.

"O-Ok?" sussurro io a Allison.

"Sì." Si sfrega il collo. "Ho preso solo il colpo della strega." E ce ne vuole per farlo venire a un mutante!

Parker barcolla fin qui col cappello in mano. Stilla sangue dalla fronte, ma se lo asciuga con la mano – la pelle si sta già chiudendo.

Fiona gli fa un giro intorno. "Parker, cazzo... ti sei buttato nel burrone!"

"E cos'avrei dovuto fare?"

"Ci hai quasi ammazzati tutti, cazzarola!"

"Volevano farci fuori!" Si sbraccia verso il carro funebre parcheggiato lassù. "Dovevamo andarcene!"

"Adesso siamo senza bus." Fiona dà un calcio a una gomma, e il parabrezza già rotto si scheggia ulteriormente.

I SUV affiancano il carro. Si aprono le portiere.

"Ehm... ehi," fa Allison indicandoli. Delle forme scure si riversano fuori dai veicoli per venire sulla cengia. Cercano il modo di scendere... da noi. "Arrivano."

"Merda. Scappiamo."

"E dove?"

Mi stringe.

"Laurie," urla Parker, "non è che potresti tramutarti per portare in salvo Allison?"

Fiona gira di scatto la testa. "Puoi... puoi tramutarti?"

Apro la bocca, ma non mi esce voce. Zero.

"Ehi," interviene Allison, "so volare anch'io. Ma non vi lascio qui."

L'amica la ignora. "Muoviti," mi ringhia dietro con uno scintillio rosso a farle brillare gli occhi. "Portala via."

"Non sa farlo a comando!" la rimprovera Declan. "Dobbiamo trovare un altro modo."

Il gufo si rintana in un angolino della mia mente. Dall'alto, osservo il visino di Allison voltato verso me. Il vento mi soffia addosso i metallici odori dei nemici.

Arrivano. Il bus è andato. Non abbiamo vie di fuga – a meno che non mi tramuti e non li porti via in volo.

Devo. Non c'è altro modo.

Tendo una mano per far saltar fuori le piume. Ma il gufo diserta.

Allison mi posa la mano sul cuore. "Non fa niente, Laurie," sussurra. Quant'è buona a perdonarmi quando li sto condannando tutti alla fine...

Se però mi tocca così, sento di poter fare qualsiasi cosa.

Il gufo batte gli occhioni. *Dobbiamo farlo*, gli dico. *Solo così la terremo al sicuro.*

Vorrebbe ritirarsi. Ha paura, ha paura dal giorno in cui si svegliò dietro alle argentee sbarre del laboratorio della Data X.

Non sei più in gabbia. Sei libero. E Allison ha bisogno di te.

Mi corre un formicolio giù per la schiena. Nelle profonde oscurità della mia psiche, il gufo scuote le piume.

È pronto.

La prendo per mano, ne bacio il dorso. Poi mi raddrizzo tutto, mi levo gli occhiali spessi e glieli porgo.

Annuisce solennemente – ha capito. "Li terrò al sicuro."

Fiona ha sollevato il fucile; guarda dal mirino. Declan e Parker incombono dietro di lei, litigando a bassa voce.

"S-S-Salite sul f-f-furgone," ordino. Allison non lascerà gli amici qui, perciò dovrò portarli via tutti.

Parker pare dubbioso. Declan apre la bocca per ribattere qualcosa. Sulla cengia le figure smontate dai SUV cominciano a scendere, strisciando come nere formiche.

"S-S-Subito!" esclamo. Chiudono il becco e s'affrettano a ubbidirmi.

Mi ritiro; chiudo gli occhi per immaginarmi il bellissimo volto di Allison. Sollevo le braccia. In lontananza, un'arma scarrella. Ci spareranno.

MUOVITI! urlo al gufo... che arriva. Il cambiamento m'inonda, dolce ma rapido nel suo spiegarsi di tempesta. M'ingrosso, vestiti a brandelli. Sottopelle sono tutto un formicolio, e ogni poro sprizza piume enormi. Fitte e bianche, mi coprono le ali gigantesche. Grandissime... potenti e perfette. Abbastanza forti da volare. La paura c'è ancora, ma se le sbatto abbastanza forte posso sorvolarla finalmente, e portare l'amata in salvo. Sarò il gufo, il salvatore. L'eroe che ha bisogno che sia.

***

Parker

Con una tenue folata d'aria calda, Laurie esplode in un gufo enorme.

Batte le ali e spicca il volo. Si eleva proprio sopra di noi, offuscando il veicolo con la sua ombra e il sole con l'apertura alare. Scendono gli artigli, che s'aggrappano all'albero di Natale ancora legato al tettuccio.

Allison si sporge fuori dallo sportello per invitarmi a entrare. "Vieni!"

Un altro battito delle ali enorme e ha sollevato il bus da terra. Apro la bocca, la chiudo e mi lancio sul volante – vi arrivo proprio quando le ruote anteriori si sollevano di qualche manciata di centimetri dal suolo.

Fiona è già con l'amica, al sicuro sui sedili posteriori, ma Declan è a qualche metro di distanza, con la bocca spalancata e gli occhi incollati al gufo che sbatte quelle ali pazzesche per prendere quota. L'onnipotente vento è sferzato da polvere e rocce.

"Declan!" strilla Fiona, e l'interessato si riprende. Il bus è a diversi metri da terra. Inciampando nelle rocce e nei cespugli, Declan si scapicolla qui appena prima che sia troppo tardi. Col balzo suo e le signorine che si chinano verso il basso, i tre si afferrano. Lo tirano su.

Appena in tempo. Il gufo l'ha sollevato abbastanza da liberare il masso più alto. Il suolo s'allontana mentre ci eleviamo mentre laggiù, a terra, scivola una gigantesca ombra confusa: il furgone e l'albero uniti a un rotondo testone da gufo.

Si sente un *rat-tat-tat*, e mi copro automaticamente.

"Ci sparano," grida Allison.

"Stronzi," ringhia Fiona. E agguanta il fucile. "Aiutami ad aprire il finestrino."

Ce la fanno con fatica, quindi prende la mira. *Bum*, fa l'arma, assordandomi. *Rat-tat-tat*. È una mitragliatrice a rispondere.

"Non riesco a prenderli." Ricade a sedere. "Sono fuori portata."

"Non importa." Allison le dà una pacca sulla spalla. "Ci porterà in salvo Laurie."

Avvio il GPS e mi sporgo dal finestrino. "Va' a est!" urlo

al gufo. Non risponde, però si gira lentamente – ora abbiamo il sole nello specchietto retrovisore. Nel silenzio, veleggiamo. Di tanto in tanto dall'alto cade una piuma gigantesca, angelica e bianca, che finirà nel deserto sottostante in un vortice.

Capitolo otto

llison

Arriviamo a Taos prima del tramonto. Laggiù si vedono le montagne, ma siamo tanto lontani che nessuno scorgerà mai un gufo enorme che sorvola la mesa spolverata di neve con un bus Volkswagen fra gli artigli.

Fiona è al telefono; traccia i progressi fatti. Declan è dietro, che borbotta fra sé sorseggiandosi la fiaschetta. Il volo non gli si addice.

Io potrei volare così per sempre. Le ali del gufo sono morbidissime, sopra arruffate... e il mondo è pieno del suo dolce profumo di cotone.

Incredibile. Quando ci avrà portati a terra, gli dirò subito cosa provo per lui. Ultimamente mi è difficile aprirmi coi mutanti – eccetto Fiona – ma so essere coraggiosa.

"Ci avviciniamo alle coordinate dateci da F," dice. "Lassù." Indica un campo. Percepisco le creature di terra, dal più piccolo topolino alle aquile che, sopra di noi, rincorrono le correnti ascensionali.

"Atterra," urla Parker a Laurie. Qualche minuto dopo il

bus rimbalza delicatamente al suolo. Fiona spalanca di corsa la portiera, e io la seguo. Corriamo dal gufo, appena atterrato nelle vicinanze. Il piumaggio rimpicciolisce e sparisce: si ritramuta.

"Oh!" Fiona si blocca di colpo. Guardo oltre l'amica e sgrano gli occhi.

È nudo. Snellissimo e altissimo, i muscoli definiti che costeggiano busto e arti. I capelli alti sulla testa, gli occhioni enormi.

Parker gli porge il cappello, che si sistema davanti all'inguine. Peccato. Non mi dispiaceva mica il panorama...

"Accidenti, Laurie," fa Fiona. "Sei stato fantastico." Ci accalchiamo tutti attorno a lui, ma senza toccarlo, nel caso in cui avesse la pelle sensibile dopo le trasformazioni.

Mi ritrovo davanti a lui, dove salgo sulle punte per rimettergli sul naso i fondi di bottiglia.

"Ce l'hai fatta," sussurro.

Dall'alto, mi guarda sbattendo le palpebre. Ha ciglia lunghissime. Vi è un po' di lanugine.

"Stanco?"

China il capo in un cenno d'assenso, poi però lo lascia ciondolare, come se il collo stesse dando forfait. Gli resto vicina, e quando mi cinge con un braccio mi rilasso. Sta bene.

Mio eroe. Il mio animale è molto timido, però fa capolino con la testa per crogiolarsi nel denso profumo piumato del gufo.

Declan gli lancia una coperta, nella quale Laurie si avvolge come fosse una toga.

"Dov'è che siamo?" chiede Declan.

"Alle coordinate di F," risponde Fiona.

"E dov'è il regalo?"

"Ma cos'è?" domando di nuovo. "Un'auto? Un orologio? Una statua in formato gigante del re?"

"O un vibratore in formato gigante..." sogghigna Fiona, e Parker e Declan fanno tanto gli scandalizzati che scappa da ridere anche a me.

"A Selene piacerebbe," faccio, e scoppiamo in grasse risate tutte e due. Siamo nervosette, dopo due giorni di fuga – per non parlare del volo magico! Ed è evidente che i nostri amici hanno troppa paura di F per pensare a ciò che combinano quei due nel loro vampiresco club sadomaso. "Da quella parte," dico quando mi sono calmata. Attraversiamo allora il campo; Fiona mi porta lo zaino, in modo che io possa sostenere come mi riesce Laurie. È troppo alto e allampanato, ma gli tengo il braccio sulle spalle per guidarlo quando incespica.

Attraversiamo qualche stradina sterrata, ma tendiamo a rimanercene nei campi innevati tempestati di artemisia tridentata – pianta invasiva che si diffonde per miglia come un mare d'argento. L'aria è permeata da un pungente odore erbaceo.

A mano a mano che ci avviciniamo alle colline rocciose, comincia a vedersi uno stabile tozzo e lungo – e un altro odore si fa forte.

"Cos'è?" Declan annusa l'aria. "Mucca? Pecora?"

"Cervo," rispondo. "Da questa parte."

Il sole è affondato, trasformando il fianco metallico di questa specie di fienile in un fuoco di luce dorata. Avanziamo, attraversiamo l'ultima stradina di ghiaino fino a... un cerchio di balle di fieno.

Dinoccolato com'è, Declan va a indagare – e sussulta. "Gesù, Giuseppe e Maria!"

"Che c'è?" chiede Parker, e corriamo tutti lì per vedere cosa lo sconvolga tanto.

71

È un presepio con statuine a dimensione naturale delle figure della Natività e vera paglia nella grande mangiatoia di legno.

"Gesù." E indica. "Giuseppe e Maria."

"Oddio." Parker scuote addirittura il capo.

"Precisamente."

"Ci siamo quasi," faccio io per condurre tutti oltre la Natività, verso la recinzione dipinta di nero.

Parker aiuta Laurie a scavalcarla, ma una volta dall'altra parte il gufo mutante si accascia a terra e chiude gli occhi.

Mi sporgo su di lui: le guance tese sono pallidissime. "Si riprenderà?"

"Ma sì." Declan si china per coprirlo meglio. "Non preoccuparti."

"Tramutarsi, portarci fin qui e ritramutarsi l'ha sfiancato," spiega Parker. "Una buona dormita e torna come nuovo."

"Ci ha salvati," faccio io, riluttante a lasciarlo.

"Già." La bocca di Parker luccica del barlume d'un sorriso.

"Solo per te, bella."

Nascondo un sorriso dal calore analogo a quello d'un sole minuscolo – riesce a scaldarmi dentro in ogni mia parte. E per fortuna, perché adesso che quello vero sta tramontando fa molto più freddo.

Con un brivido, Fiona si stringe nelle proprie braccia. "Andiamo, dai. Prima finiamo prima torniamo a Tucson."

Vero. E mi viene in mente una cosina… "Restate qui." Mi allontano di qualche metro, verso il branco di cervi. Sono più piccoli d'un mulo o d'un cervo dalla coda bianca. Da adulti non arrivano neanche al metro. Alcuni girano il capo, svelando minuscole zanne bianche – incongrue su quei musini stretti.

"Cazzarola!"

Sollevo le braccia per chiamarli a me. Al trotto, vengono subito a circondarmi. Se ne restano dalla mia parte, di fronte a Declan e Parker. Ne sentono l'odore dei canini. Non si avvicinano troppo neanche a Fiona.

"Perché sono zannuti?" chiede lei. "Sono mutanti?"

"No. Sono solo cervi vampiri. Selene li trova carini." Uno mi dà un colpetto al fianco, quindi gli accarezzo la testa. "F ha trovato il branco in uno zoo che stava chiudendo. Volevano metterli all'asta... o macellarli. F vuole trovare il modo di riabilitarli e liberarli."

"Fammi capire bene," fa Parker. "Il re dei vampiri ha comprato una mandria di cervi vampiri..."

"Un branco di cervi vampiri," lo correggo.

"Un branco... perché la compagna li trova carini?"

"Sì."

Si passa una mano sui folti capelli grigi borbottando qualcosa del tipo 'pazzi vampiri del cazzo con più soldi di Dio in persona...'

"E adesso?" domanda Fiona.

"Dobbiamo caricarli sul rimorchio e portarli a Tucson."

"Vado in cerca di un veicolo," fa Declan.

"Vengo con te," dice Fiona, e mi posa lo zaino accanto.

"Noi aspettiamo qui. A badare a Laurie e..." – gli scappa addirittura una smorfia! – "ai cervi."

Me ne coccolo un altro paio, lasciando che l'odore della mia chiamata si disperda un pochino. Quando sarà ora di caricarli sul rimorchio, mi assicurerò vi salgano di loro volontà, e gli canterò pure una ninna nanna per fargli dormire tutto il viaggio. Fiona dice che funziono meglio dello Xanax.

Parker torna al presepe dove dorme Laurie, e si accovaccia per schivare il vento. Io mi accomodo vicino a lui e lo copro bene. Adesso fa freddo. Siamo scesi di parecchi gradi.

Il cielo è tinto di tramonto.

Nei dintorni ulula qualcosa. Un coyote. Le bestiole levano il capo in un sussulto, e si precipitano sul fondo del campo.

"Cos'è stato?" Anche Parker alza la testa, e per spannare gli occhi batte le palpebre in direzione del fienile. Mi accorgo adesso che dormiva. La scorsa notte l'ha passata sulla sedia col cappello sul volto. Non deve aver riposato molto.

Dall'interno dello stabile proviene un rumorino. Sarà un topo... ma veniamo inondati da una zaffata fredda e terrosa.

Parker scatta in piedi.

"Cos'è?" Mi sale la pelle d'oca su per le braccia. L'animale sa che c'è qualcosa che non va, ma non so cosa.

"Vampiri." Ed ecco due ombre scure staccarsi dalle ombre per avvicinarsi a noi nella loro rapida foschia...

Capitolo nove

Parker

Si fanno vedere. Sanno muoversi tanto veloce-
mente da non farsi nemmeno scorgere, quando
vogliono.

Non che abbia importanza. Ora che mi rendo conto che
siamo diventati prede, la caccia è già finita.

Sadiche sanguisughe. Sono come gatti. Gli piace giocare
col cibo.

Mi si spacca in due la testa, mi fa male la schiena. Ci
hanno dato un farmaco che ci ha messi al tappeto. Mi tiro
seduto e sbatto la testa contro alle sbarre, lassù. Mi sfugge
un lamento – l'animale dà i numeri. Sollevo automaticamente una mano, aggunto la sbarra... e il metallo mi brucia.
"Merda!"

"Parker?" Parla con voce tremolante.

"Qua," gemo.

"Stai bene?"

"Sì... se non contiamo il fatto che abbiamo ripreso i sensi
in una gabbia d'argento." Argento significa che i rapitori –
chiunque siano – vogliono ingabbiare mutanti. Scruto

l'oscurità. Per l'aria aleggia polvere e sa tutto di fieno. Siamo nel lungo fienile basso. Allison siede in un'altra gabbia; le svolazza la gonna quando si gira verso di me. "Dov'è Laurie?"

"Qui. Con me." Si riappoggia alla parete, e scorgo le forme allungate di Laurie. Il capo sul grembo di lei, le gambe così lunghe da sbucare dalle sbarre – per fortuna abbastanza larghe da evitargli di sfiorargli i polpacci.

È ancora k.o., ma non credo c'entrino i farmaci. Il volo l'ha sfinito. Menomale. Il gufo darebbe già i numeri.

"Ma che succede?"

"Ci hanno presi le sanguisughe." Tento con un'altra sbarra, e mi ustiono di nuovo i polpastrelli.

"Ma cosa se ne fanno di noi?"

"Boh." L'animale si fa piccino. Rieccoci in gabbie di bruciante argento. Poi passeremo al laboratorio dal pungente puzzo di penetranti sostanze chimiche. E dopo tocca alle luci accecanti, alle catene d'argento, ai bisturi...

Mi rendo conto che l'animale piange, quindi chiudo subito il becco.

"Credi che Declan e Fiona..."

"Ssh," l'avverto, indicando l'esterno. "Forse ci ascoltano." Magari non sanno di Declan e Fiona – nel caso, non voglio certo informarli io della loro esistenza.

La porta si apre con un cigolio, e un freddo vento c'investe. Nelle tenebre qualcosa si muove, e mi fiondo subito sul lato opposto della gabbia. Il cuore mi sussulta nel petto, i denti si digrignano per impedirmi di urlare.

Il vampiro è un uomo snello dalle guance magre più o meno della mia altezza. Indossa un completo molto anni Settanta di camoscio marrone. Con tanto di pantaloni a zampa d'elefante tutto l'ambaradan. "Vi siete svegliati," dice, e spalanca la porta. Ne entra un secondo. Questo qua in vestaglia vecchio stampo col merletto sulla gola. "Ottimo." Si china per esaminarmi. "Sapevo che avrebbe mandato te. Il piano procede alla perfezione."

Un rumore orribile echeggia per il fienile scardinandomi quasi la spina dorsale. La risata del vampiro!

"Cos'è, Charles, la tua risata malvagia?" domanda quello che pare uscito dalla *Febbre del sabato sera*.

"Sì." Il dandy vittoriano, tale Charles, è contento come una Pasqua. "Che ne dici, Jenkins? È un po' che mi alleno."

"Sì, sì, molto carina."

Ma porco cazzo...

"Cosa volete da noi?" chiede coraggiosa Allison. Ah, quanto vorrei urlare di tacere... ma non riesco a muovere la mandibola. Né altri muscoli, se è per questo.

"Vi diamo la caccia da Tucson," fa Jenkins. "Era ora che usciste dalla protezione di Re Louis."

"Re Louis?" ripete Allison. "Alludete a F? Il re vampiro?"

"Sì," sibilano all'unisono.

Allison mi lancia un'occhiata, e vedo che si chiede cosa intendono con 'protezione'. Allento i muscoli del collo a sufficienza da scuotere come un pazzo la testa.

"Ti voleva con sé," commenta Jenkins, "perché sei la chiave della sua caduta."

"Caduta?" fa ancora. "Io?"

"Macché tu." Charles indica me. "Lui."

Scatto all'indietro, ma più di così non riesco a rimpicciolirmi.

"E il gufo, anche. Ci siamo persi l'irlandese, ma mi aspetto di recuperarlo a breve. Poi l'intera Squadra della fine sarà nelle nostre mani."

Squadra... della fine?!

I vampiri girano verso di me gli occhi piatti e morti, e mi

rendo conto di averlo detto ad alta voce. Le scapole cercano di strisciar fuori dalle sbarre, ma non c'è posto dove andare.

"Già," fa Jenkins. "La Squadra della fine di agenti segreti addestratissimi."

Segue una lunga pausa durante la quale i nostri carcerieri se la ridono beati – e io sono troppo confuso per farmela sotto.

"Scusatemi," fa Allison sventolando appena la mano. "Temo di non aver capito bene. Avete detto 'Squadra della fine di agenti segreti addestratissimi'?"

"Sì." Jenkins adesso si acciglia.

"E alludete a... Parker, Declan e Laurie? Solo per essere sicura, eh. Senza offesa, Parker."

"Figurati," le dico muovendo solo le labbra.

"Sì. Non ci fregate mica voialtri. Sappiamo che tanta inettitudine è pura recita." Charles si sbraccia verso entrambi. "Geniale, in effetti. Fate gli scemi totali, ma in modalità assassinio siete determinate e crudeli macchine da caccia."

"Modalità assassinio," ripete inclinando il capo di lato.

"Sì. È tutto qui." E Charles solleva un fascio di carte, una bianca catasta di stampati grossa quanto il mio polso. Altra risata malvagia, più lunga e tonante della precedente.

"Non è che posso dargli una letta?" I due vampiri si guardano con una stretta delle spalle, poi le danno tutto. Allison studia la prima pagina con le sopracciglia aggrottate.

I vampiri adesso s'immobilizzano in modo fin innaturale. Ecco il pesante rombo di un motore distante.

"Arriva qualcuno. Sarà l'irlandese. Jenkins, ti spiace farmi questa cortesia?"

"Certo." Annuisce e sparisce nella solita foschia.

"Il momento è prossimo," fa poi. "Aspettiamo da mesi quest'occasione, e finalmente è giunta l'ora."

"Aspetta," dice Allison. "Ma cosa volete da loro?"

"Che ci aiutino a uccidere Lucius Frangelico."

***

Declan

Poco dopo le sei, rieccoci in moto per il campo buio col rimbalzo dei fari negli occhi e il naso nell'erba – alla casetta dei cervi vampirelli.

Grazie a Fiona abbiamo battuto un bel record di velocità. Non avevo mai visto nessuno collegare i fili di un furgone così rapidamente. Abbiamo anche preso un appunto dell'indirizzo, in modo da spedire dei soldi a copertura del furto. Io non ne ho, ma ci penserà re Lucius.

Riesco a malapena a pensare con lei davanti, i pesanti scarponi neri sul cruscotto. L'abitacolo è pregno del profumino di un bel McRoyal DeLuxe con formaggio e contorno di anelli di cipolla. E visto che non abbiamo avuto il tempo di fermarci a cenare, proviene tutto da lei.

Forse dovrei mangiare direttamente *lei*.

"Declan? Tutto bene?"

"Ehm, sì." Mi asciugo le bave dalla bocca. "Perché?"

"È un miglio che il tuo animale brontola."

"Ah." A lui neanche chiedo. Il levriero è in calore pieno. "Ignoralo. Come faccio sempre io."

"E fai male." Annusa l'aria. "È una specie di cane, vero?"

"È un levriero irlandese." *Per la maggior parte.* La Data X ci ha sottoposti a giochini strani.

"Ma certo..." Si accascia sul sedile cullando il fucile. "Hai un buon odore. Tipo whiskey e abete."

Confessione che mi dà coraggio. "Non so invece come fai tu a profumare sempre di fritto squisito. Mi fa impazzire."

Scoppia a ridere. "Immersioni nei cassonetti. Lo sport preferito dal mio animale."

"Che sarebbe un..." faccio, ma lei si raddrizza tutta e scaglia in fuori la mano per zittirmi.

"Ssh. Cos'è?"

Esamino il paesaggio buio, ma non vedo nulla. Alla nostra sinistra c'è un fienile di metallo, nell'angolo della zona recintata, e sulla destra, in fondo al campo, il branco di cervi. "Ma cosa vedi?"

Dietro, ulula un coyote. Poi un altro. E un altro. Mi viene la pelle d'oca.

"C'è qualcosa che non va," sussurra pianissimo. "Non senti quest'odore?"

Abbasso il finestrino e faccio sbucare la testa nell'aria della notte. "No..."

Apre la portiera. "Aspetta qui."

"Aspetta, bella, non..."

Ma è già andata. Metto in folle e spengo il motore. Faccio per smontare anch'io... quando ecco l'odore: malsano – tipo muffa, fogna a cielo aperto – e naftalina.

Poi una foschia d'ombra mi strappa fuori dal furgone.

Capitolo dieci

Declan

Sono circondato da un odore metallico e pungente. Mi fischiano le orecchie e il levriero è fuori di sé.

Mi tiro seduto, e il mondo barcolla pericolosamente. Allungo una mano per aggrapparmi a qualcosa, e il metallo che mi sta tutt'attorno mi divora.

"Attento. È argento," grida Allison. È imprigionata in una gabbia a qualche metro da qui insieme a Laurie. In grembo ha una pila di fogli bianchi che... legge, pare.

Parker, in un'altra gabbia, ha le ginocchia piegate, la testa fra le mani.

"Ma che succede?"

Solleva il capo. "Vampiri. Dicono che ci seguivano da Tucson. Devono aver mandato loro i SUV."

"E perché?"

"Credono... ci credono una specie di gruppo di agenti segreti."

"Eh?!"

"È tutto scritto qui. Istruzioni su come 'attivare' i segnali

81

nascosti d'ipnosi." La ragazza solleva la catasta di fogli, quando soffia uno scuro vento e compaiono due vampiri. Uno gliela frega di mano.

Sul soffitto s'accende trasecolando una lampadina, che ci getta addosso un bagliore cupo. Sussulto. Almeno non è la brutale luce fluorescente della Data X. La gabbia basta e avanza.

Allison gira la testa verso di me per nascondere le labbra ai carcerieri. "Fiona?" fa senza parlare.

Mi stringo nelle spalle. Posso solo sperare sia fuggita.

Scappa subito, bella. Salvati. Al pensiero di perderla potrei uggiolare come il levriero, ma è meglio che mi lasci qui. Per un sacco di ragioni.

"Ok," fa un vampiro con inquietante voce da non morto. "Adesso che ci siete tutti, cominciamo."

Non vorrei, però mi costringo a studiarli.

Sono proprio strani. La moda vampiresca è sempre assurda, di solito risalente al secolo della loro morte e trasformazione. Uno porta una vestaglia simile a quelle di Hugh Hefner, e l'altro sembra il padre di *That Seventies Show*.

"È ora, Jenkins. Datti una mossa."

"Sì, Charles. Dammi il tempo di pensare." Poi passa al centro del fienile polveroso e si mette bello dritto. "Gamba sinistra," urla. "Sinistra e ancora sinistra."

Saltellano all'unisono: Charles grida le istruzioni – sembrano alle prese con una specie di quadriglia. Ci sarebbe pure da ridere, non fosse tanto orripilante.

Terminata la coreografia, ci fissano.

"Cos'era quella roba?" chiedo sottovoce a Allison e Parker.

"Non funziona mica," fa Jenkins.

"Ma certo che no!" dico io. "Per quanto ci piaccia

questa Mossa del cretino in edizione vampiresca, non ho capito che cazzarola state facendo."

"Vi iniziamo alla modalità assassinio. Ecco, guarda qua." Charles indica il foglio. "Quattro volte a sinistra…"

"Ma non innesca niente," fa Allison. "È solo lo shuffle alla cubana."

"Impossibile," sibila Charles aggirando Jenkins. "Devi averlo fatto male."

"Invece l'ho fatto benissimo!" protesta quello. "Sei tu che sei troppo rigido. Non sai fare la mossa del bacino." La ripete, e mi vengono seriamente i brividi. Già farsi rapire da dei vampiri non è il massimo, ma quando questi poi vogliono giocare al *Rocky Horror Picture Show* con costumi di scena orrendi…

"Piantala," sbotta Charles.

"Allora dammi il manuale." E gli strappa di mano i fogli.

"Zotico che non sei altro!" Charles si pesca un fazzolettino di pizzo dalla tasca, col quale lo schiaffeggia sulla guancia. "Io ho imparato a memoria i passi, sai!"

Litigano e baruffano ripetendo i passetti della danza 'iniziatica' senza soluzione di continuità… finché Charles non butta il 'manuale' a terra. "Questa roba è inutile."

"Ho cercato di dirvelo, eh," faccio. "Non siamo chi credete voi."

Jenkins sibila, e il levriero quasi si piscia addosso. Ma non ho niente da perdere. Sto già rivivendo il mio peggior incubo, e dall'odore acidulo che emette Parker, anche lui.

"Insomma… guardateci!" E mi indico con tanto di sbracciate. "Pensate che fra i tanti mutanti che esistono al mondo si possa scegliere noi da programmare come assassini? Riusciamo a malapena a non morire di fame quando va bene! Vero, Parker?"

Dalla sua gabbia si leva un lamento patetico. Odio

trascinarlo nella discussione, ma devo far capire a questi due com'è la situazione. E il povero Laurie è ancora privo di sensi.

Alla faccia della Squadra della fine! Non devo neanche mentire. "Pensateci, dai. Siamo gli ultimi mutanti che qualcuno sceglierebbe mai per roba seria."

"Una ragione in più per usare voi," dice Charles con quel sofisticato accento britannico. Ah, che voglia di rifilargli un calcione... "Non destate sospetti."

"Sì, credici!" Mi scappa una risata – vuota. "Siete i vampiri più stupidi che abbiamo mai incontrato."

Charles si contorce tutto nel viso d'un mostro. "Meglio che ubbidiate, altrimenti..."

Un luminoso lampo di luce scoppia dietro alle porte, e un basso rombo scuote il fienile.

Jenkins fila velocissimo alla porta. "Charles, il carro funebre va a fuoco!"

"Maledizione! Avevo appena cambiato i cerchioni!" Spariscono tutti e due.

"Fiona." Allison si raddrizza.

"È qui? È tornata?" Ho la voce fin roca.

"Certo che è tornata!" Mi guarda come avessi detto un'assurdità. "Non ci abbandonerebbe mai."

L'animale di Parker si lamenta. Si sta arrendendo. "Parker, guardami." Mi sporgo attraverso le sbarre da quanta voglia ho di toccarlo... "Ce la faremo. Ce l'abbiamo fatta una volta e ce la faremo di nuovo." Mi alzo tenendo gli occhi fissi sui suoi. "Sei il mio branco. La mia famiglia. E ti difenderò fino alla morte."

Segue una pausa, poi però annuisce.

"Ok. Non moriremo come topi in trappola."

"Certo che no!" Allison sposta con attenzione Laurie per potersi alzare. "Chiamo aiuto."

Solleva le mani attraverso le sbarre, e pochi secondi dopo ulula un coyote.

"Senza offesa, bella, ma a che cavolo ci serve un coyote?"

"Su una cosa i vampiri hanno ragione. Nessuno sospetta che i piccoli e deboli possano far male." Il silenzioso potere alfa che trasuda il suo sguardo mi fa rizzare i peli del collo. Emana un profumo erbaceo che riempie la stanza. Come uno shottino di brandy di mela, mi dà energia.

"Accidenti, Allison! Che cazzuta che sei," brontola una voce familiare da sopra. Brillanti occhi rossi ci perforano dall'alta finestra. Fiona balza a terra e viene a grandi passi da noi, le mani avvolte in bende bianche. "Presto."

Mi alzo in piedi. "Hai le chiavi?"

Sbuffa e solleva una lunga forcina di metallo. "Non esiste serratura che mi resista." E infatti le apre tutte e tre, con quelle mani protette dall'argento. "Dai, leviamo le tende."

"E i vampiri?" domando.

"Stanno cercando di estinguere gli incendi che ho appiccato. Ma non li terranno occupati tanto, quindi muoviamoci."

Ma Parker è ancora raggomitolato nella gabbia.

"Su," lo chiamo.

Scuote il capo. "Non ce la faccio. Voi andate."

"Non ti lasciamo mica qui!" Mi accovaccio per prenderlo dalle spalle e trascinarlo fuori. Quando finalmente si raddrizza, negli occhi gli penetra un pizzico di luce. "Ecco, bravo. Ce l'hai fatta."

"Non siamo ancora fuori pericolo. I vampiri..."

"C'inventeremo qualcosa."

"Ma cosa?"

"Faremo del nostro meglio. Tiriamo su un bordello... con una spolveratina di dinamite."

Fiona sogghigna addirittura. "Bella idea."

"Laurie," sussurra Allison. Si accuccia presso la gabbia per scuoterlo. "Laurie?"

Laurie si siede, quasi battendo la testa sulle sbarre. È sveglio ma ancora sonnolento; batte le ciglia nel tentativo di riprendersi.

Allison si volta verso di noi tutta tesa in volto. "Non riesco a spostarlo."

Le probabilità di scappare precipitano di secondo in secondo. Ma non possiamo lasciarlo qui.

"Allison, riesci a tramutarti," azzarda l'amica, "per portarlo via in volo? Noi possiamo creare un diversivo che ti dia tempo." Guarda allora me, e io annuisco. Qualsiasi cosa per Laurie.

"No." Allison si alza e raddrizza bene le spalle. "Sai cosa? Fanculo questi qui!"

Fiona sussulta, ma poi ride. "Ah, ragazzaccia... non ti avevo mai sentita dire le parolacce."

"Combattiamo," prosegue con la melodica e dolce voce ora ferma, determinata. "Insieme possiamo farcela."

"Tu dici?" Mi scappa una smorfia.

"Sì, se collaboriamo." Si accovaccia per levarsi il gonnellone svolazzante. "Sono stufa marcia di fare la preda."

"Ma che fai?!" dice Fiona.

Se la strappa via e si leva pure le scarpe. "Ho chiamato i coyote. Stanno pisciando in giro per nascondere il nostro odore." Solleva le braccia, e un ululato ultraterreno esplode in lontananza. È raggelante, lo confesso, ma i coyote non possono comunque nulla contro a due vampiri... "E stanno arrivando i rinforzi che ci aiuteranno a sconfiggere quelli là," aggiunge. "Dobbiamo solo bloccarli qui." Sfreccia fuori dal fienile in una scia di grosse piume bianche.

"Bloccarli qui? Nel senso... fino all'alba?"

Fiona si stringe nelle spalle.

"Ma è scema?"

Altra stretta delle spalle. "Boh. Vi va di aiutarla?"

"E come facciamo?!" rantola Parker. È ancora pallido, ma almeno adesso sta dritto.

"Ci diamo a ciò che ci riesce meglio: tirare su un bordello."

Fisso le porte. Oltre vi sono due delle più letali creature della Terra. Vampiri. Ma dentro ci sono gabbie d'argento, perciò... cos'ho da perdere? "Perché no. Sarà l'ultima grande resistenza."

Fiona fa un sorrisone. "Volevi sapere qual è il mio animale, no?" Solleva le sopracciglia e si leva la giacca... e il top corto! Sotto la luna, le cicatrici luccicano argentee.

Deglutisco a fatica, inchiodato sul posto per una nuova e interessantissima ragione. "Sì."

"Aspetta e vedrai." Mi fa l'occhiolino e si sbottona i jeans, che scalcia via per poi sparire nel buio col culetto al vento.

Le corro dietro, ma una volta fuori è sparita.

Quasi mi va di traverso il denso odore di spazzatura bruciata e piscio di coyote. Alla mia sinistra il carro funebre è in fiamme. I vampiri vi corrono intorno in foschie per cercar di annegarlo con una canna trovata chissà dove. Arretro d'istinto e inciampo su qualcosa che, al buio, non vedo. Quando raccolgo l'oggetto mi rendo conto che non è un rametto. È il fucile di Fiona.

Mi volto e vado a sbattere contro al petto di Parker, che se ne resta impalato finché non esce dalla sua trance e non lo prende. "Cosa dovrei farci, scusa?" urla.

"Sparare! Al nemico, magari." Mi volto e trotterello via per escogitare un piano borbottando, "Ci manca solo che mi spari alla schiena..."

"Guarda che ti ho sentito, eh!"

Mi scappa un sorrisone. Speravo proprio di riportarlo fra noi. "Buttiamoci, dai." Corro verso il guscio rovente del veicolo. Spero tanto che qualcuno abbia un piano, perché sto facendo solo scena.

Dietro alla testa del vampiro luccicano occhi rossi. Fiona. Cerco di guardare meglio, ma è avvolta dalle tenebre. Non so cosa stia combinando, ma comincio a sospettarlo quando la canna smette di spruzzare acqua e i vampiri si mettono a guardare dentro a quella bocca asciutta.

Jenkins alza lo sguardo e fa per voltarsi verso Fiona, allora qualcuno urla, "Ehi!"

Si girano verso di me, e mi rendo conto di essere stato io!

"Ehi," ritento – solo che stavolta mi esce più uno squittio. Ma devo distrarli. "Dovete essere i vampiri più stupidi che abbia mai incontrato." Ormai sono in ballo.

Il sibilo di risposta fa gelatina della mia schiena.

"Però," – e inspiro – "mi sa che è ora che impariate una lezione."

"E quale, di grazia?" domanda Charles. Alle sue spalle, gli occhi rossi battono una volta le palpebre.

"Mai rompere i coglioni alla mia famiglia."

Dietro di me Parker scarrella il fucile.

Jenkins e Charles si scambiano una risata malvagia delle loro. "E cos'avresti intenzione di fare? Batterti? Ma se riesci a malapena a stare dritto. Arrenditi subito e ti limiterai a tornare in gabbia."

"Mai," ringhio.

"Allora morirai qui... solo." Charles tira su col naso.

"Non fregherà niente a nessuno. Non mancherai a nessuno. Non conti nulla. Non sei di nessun branco."

"Sbagli," dico. "Siamo noi il branco. Degli stramboidi sempre branco sono. E ci difendiamo a vicenda."

"Allora morirete insieme."

Vorrei tanto arretrare di un passettino, ma adesso Parker ce l'ho proprio qui dietro. Il suo odore familiare, per quanto spaventato, mi dà forza. "Forse sì. Quel che conta è che ci guardiamo le spalle."

"Ammazzali," fa a Jenkins.

E qualsiasi cosa stesse facendo Fiona alla canna, la pianta e l'acqua spruzza di colpo i vampiri.

"La vestaglia!" strilla Charles.

"Questo è camoscio vero!" Jenkins tenta freneticamente di asciugarsi con le mani, e visto che non ce la fa sfodera le zanne nella mia direzione. "La pagherai."

Tanto morirò comunque. Tanto vale... darci dentro! "Yaaaaaah!!!" E gli piombo addosso.

***

Parker

Charles ci raggiunge in una foschia – quando dal cielo precipita un'ombra bianca. Una colomba gigantesca lo squarcia con gli artigli per poi rispiccare il volo, rapida com'era scesa. Charles si ferma di colpo con un urlo, e si copre il volto.

"L'occhio!"

"Cazzarola," esulta Declan. "Vai, Allison!" Corre via nella notte. Io sparo per coprirlo.

Jenkins mi ringhia contro e viene da me – veloce come

sempre. Mi spara un primissimo piano delle zanne, prima che un artiglio mi agganci dalla giacca e mi porti su. La sorpresa mi fa quasi mollare l'arma.

"Grazie del salvataggio," grido a Allison, che tuba. "Riesci a mollarmi sul tetto del fienile?" Tuba ancora, e prende quota per lasciarmi lassù. Gli stivali scivolano sul metallo, ma s'innescano i riflessi da mutante e riesco a mantenermi in equilibrio e sollevare il fucile. I vampiri sono foschie in movimento accelerato, sfrecciano da parte a parte alla ricerca degli altri. Per distrarli, sparo in rapida successione attutendo il rinculo con la spalla.

Un dolce cinguettio è l'unico avvertimento che mi serve, prima che Allison scenda di nuovo per prelevarmi dal tetto. Ha artigli abbastanza affilati da farmi a brandelli la giacca, però mi regge con delicatezza. Sotto ai miei piedi penzoloni Jenkins alza il capo per ringhiarmi dietro – i capelli umidi che sventolano all'aria.

Mi aveva quasi preso. E quando un vampiro ti prende, è finita. Questi due mi sembrano dei discreti imbecilli, ma son sempre vampiri, eh.

"Mi sa che non reggiamo fino all'alba," urlo alla colomba. Ci battiamo, certo, ma senza vincere. E sospetto che le probabilità non siano mai state dalla nostra.

Mi tuba. Non so che dica, ma il suono mi è molto di consolazione.

Sotto Charles si ritrova davanti qualcosa nell'ombra. Che sibila e sputa. Fa per prenderlo, e con uno strillo si porta la mano al petto. "Creatura demoniaca..." Si ritira, e Declan lo inonda con la canna.

Una foschia e l'ha sollevato da terra in una presa a strozzo. Declan scalcia – gli sta serrando la gola!

"No!" urlo. "Lascialo andare!" Mi divincolo. "Mollami, devo salvarlo!" Solo che non so come. Non arriverò mai in tempo – nemmeno col suo aiuto. E poi come sconfiggerei comunque un vampiro?!

Attorno a noi ululano i coyote. E un verso più forte e profondo mi penetra da parte a parte. Più forte dei coyote, del tubare della colomba assassina, mi fa venire dappertutto la pelle d'oca.

E dalla gola mi esplode una risata potentissima... da iena. Che non sentivo da un pezzo.

L'animale sa che succede. E ne è contento e sollevato.

"Va tutto bene, Parker," mi urla una voce ben nota. "Ce la faccio."

Una figura alta e snella esce a grandi passi dalle tenebre. La luce della luna risplende sui lunghi capelli d'un biondo argenteo legati in una coda di cavallo.

È Selene: consorte, assassina e regina del re dei vampiri. Si scosta la coda dal viso e solleva una balestra nero lucido, che punta contro Jenkins. "Zanne in alto! Allontanati dall'irlandese!"

Capitolo undici

Parker
Jenkins molla immediatamente Declan e svanisce via. Declan barcolla un po', e Selene gli s'avvicina in una foschia per reggerlo. "Tutto bene?"

Si schiarisce la gola e le fa vedere i pollici alti.

Non mi accorgo neanche che Allison mi ha portato a terra. Un odore raggelante mascherato con una densa colonia d'ambra grigia mi fa capire tutto. In un sussulto, levo lo sguardo in alto, sul freddo viso del re vampiro: Lucius.

"Ah... splendida serata per uno scontro, nevvero?" proclama con l'accento degli antichi regnanti.

L'animale che è in me indietreggia.

"No, non aver paura," dice con un sorriso, mostrando le zanne con fare che forse lui ritiene rassicurante. "Sei coi vincitori."

Allison sbuca dall'ombra, nuovamente in forma umana, col petto pesante. È nuda, perciò mi levo la giacca e gliela porgo.

"Grazie." Se la pone sulle spalle. "Stai bene?"

"Aspettavi loro?" sussurro con occhiatine sconcertate a Selene e balestra e a Lucius.

"Sì. Non ve l'avevo detto?"

"Ci hai detto solo di aspettare. Mica perché!"

"Avevo chiamato aiuto."

Declan zoppica da noi. "Ti avevo detto di chiamare solitari coyote, non..." – inclina il capo verso Lucius con gli occhi strabuzzati – "...il re dei vampiri," fa muovendo solo le labbra.

"Ma chi altri dovevo chiamare per fermare quegli scemi?"

Io e Declan ci guardiamo. Allison ha chiamato il re. E lui è venuto.

Coi rinforzi, pure!

"Sant'Iddio," mormora l'interessato. Io e Declan trasaliamo, ma non ce l'ha mica con noi. Sta osservando Selene rincorrere Charles e Jenkins con sguardo attento sul volto bellissimo. "Quant'è incredibile..."

"Dove ha preso la balestra?" chiede Allison.

Anche se dall'altra parte del campo, ci ha sentiti – si volta con una pacca all'impugnatura. "Regalino di compleanno da parte di Lucius," grida. "Insieme a paletti riutilizzabili." Ci fa vedere i pollici alti.

Deglutisco. "Non dovremmo aiutarla?"

"E rovinarle il divertimento?" Il re solleva un sopracciglio. La voce è bassa, priva d'accento. Come seta su ardesia. Pare un po' divertito, e forse lo è davvero. Non oso guardarlo in faccia per accertarmene.

Charles corre intorno al branco. Selene par muoversi appena. Sparisce solo per riapparirgli davanti, una gamba piegata e un sorrisino, sorprendendolo di continuo.

Jenkins scappa nell'altra direzione; cerca di attraversare il campo per arrivare al furgone che Declan deve averci rimediato prima che i vampiri acciuffassero anche lui.

"Ci sfugge," dice Declan.

"Abbi pazienza," fa Allison.

Si fionda nell'abitacolo e chiude di botto la portiera. Lo sento addirittura rovistare alla ricerca della chiave. Si china per cercare di capire come collegare i cavi, e alle sue spalle, sui sedili posteriori, degli occhietti rossi battono le ciglia.

E poi il veicolo si rovescia sul lato. Urla.

"Non riesco a guardare..." Declan seppellisce il volto nella mia spalla.

"Non riesco a non guardare," borbotto io dandogli delle pacche sulla schiena. Ma che razza di mostro dallo sguardo cremisi può far strillare come un bambino un vampiro fatto e finito?

Il massacro ha termine quando il parabrezza si spacca con gran chiasso. Jenkins piomba a terra coperto di tagli e vetro. Una minuscola creatura scura esce dopo di lui. Si staglia sul cofano, cinguettando e agitando minuscoli pugnetti. Con la pelliccia grigia, la coda strisciata e la mascherina nera attorno agli occhi, non può esser altro che...

"Un procione? Fiona è un procione?!" fa Declan.

"Lei preferisce essere chiamata 'panda della spazzatura'," risponde Allison.

"Che piccolina..." Non è molto più grande dell'animale normale.

"Tanto meglio: le è ancora più facile passare inosservata. Ma non sottovalutarla."

"Oh, mai oserei!" Declan pare colpito.

Ci giriamo a un improvviso *flap flap flap*. Selene ha sparato e tre dardi hanno inchiodato Charles al fianco del fienile dalla vestaglia. Posa poi l'arma per pescare un paletto dalla cima dello stivale.

Mentre gli si avvicina, Charles scuote come un forsennato la testa. "Ma perché?" Urla poi a Lucius, "Richiama il cane e lasciami andare!"

"Non ti aiuterà, sai." Gli s'avvicina col paletto, e il poveraccio comincia davvero a dare i numeri.

"Non hai il diritto di farmi questo! Perché quest'aggressione?"

"Sei ufficialmente accusato di rapimento di mutanti innocenti – nonché agenti del re – e di ostacolo a missione regia. Ah, anche di complotto vampiresco."

"Cosa?!" Sussulto perfino io.

"Eh sì," mormora Lucius, come annoiato. "Alla fin fine, vogliono sempre uccidermi."

"Non ne avete le prove," blatera Charles.

Selene sventola una mano nella nostra direzione. "Abbiamo la parola dei mutanti..."

"Bah. Mutanti..." sibila.

"...i quali sono nostri cari e intimi amici," aggiunge.

Io e Declan ci guardiamo battendo le ciglia. *Cari e intimi amici?* Che alluda a Allison e Fiona e abbia problemi di genere?

"Riassumo: avete assunto dei mercenari perché li seguissero e catturassero. Visto che non ha funzionato, ci avete provato voi."

"È impossibile trovare un valido aiuto a pagamento in questo secolo," sibila Charles.

"Avete rapito degli amici per chiuderli in gabbia. E poi avete pure cercato d'indurli a uccidere Lucius. Ma fammi indovinare..." Pesca un foglio dalla tasca. "Le istruzioni per attivargli la modalità assassinio non hanno funzionato, eh?"

"Yuhuu! Scacco matto," fa Fiona. Viene da noi a grandi passi, in forma umana, con addosso jeans, scarponi e toppino. Si sta infilando la giacca.

"Ma... ma cosa sta succedendo?" domando. "Non capisco."

"Io e Lucius sapevamo che stavano tramando un colpo di stato. Volevamo fermarli, ma avevamo bisogno che facessero loro la prima mossa. Perciò gli abbiamo fatto giungere all'orecchio che esistono mutanti tanto veloci e pericolosi da fermare Lucius." Sventola la carta. "Nonché un codice capace di ipnotizzarli per averli sotto completo controllo."

"Il codice," dice Allison, "sarebbe lo shuffle cubano?"

"Ecco perché ballavano come matti!" Mi gratto la testa.

"Già." Selene ride. "Credevamo che sarebbero venuti a cercarmi – poi avrei potuto distruggerli per sempre. Non avevamo idea che la situazione sarebbe precipitata."

"Te l'avevo detto che non eravamo noi," fa Declan a Charles...

...che sembra troppo arrabbiato per parlare. "Ma... ma è una trappola!"

"Nelle guerre vampiresche vale tutto." Selene gli dà una pacca sulla guancia, forte, quasi uno schiaffone. Poi lo impala al petto.

Dal furgone si leva un urlo di paura. Jenkins è riuscito a tirarsi in piedi. Cerca di scappare dall'altra parte del campo, ma Selene compare alla recinzione, dove lo aspetta. Si sente uno sciabordio inquietante, e cade. Selena pianta lo stivale sul paletto e lo infilza ben bene.

Lucius sospira, neanche stesse guardando filmini di un cucciolotto adorabile. "Finito, luna del mio cuore?"

Selene si raddrizza e si spolvera le mani. "Finito." Svanisce e riappare davanti al re, cui sorride.

Si apre con uno scricchiolio la porta del fienile. Esce Laurie, la coperta in una mano e l'altra che sfrega gli occhi. "C-C-Che s-s-succede?"

Lascia ricadere la mano quando vede i vampiri impalati,

Selene e Lucius... e Allison con addosso il mio cappotto. Ha un sussulto e arretra di scatto con tanta forza che dietro alla testa gli esplodono un sacco di piume.

"Tranquillo, Laurie." Fiona gli fa vedere i pollici alti. "Abbiamo vinto."

***

Laurie

Testa e cuore rimbombano al puzzo vampiresco, ma a giudicare dalla situazione pare che sia tutto finito. Allison si stacca dal gruppo per venirmi accanto, e il suo dolce profumo aiuta.

Selene recupera da chissà dove un pacchetto e ne pesca delle coperte. Il tessuto è abbastanza fine da stare, arrotolato, in un pacchettino, ma quando le dispiega ne escono dei quadratoni abbastanza larghi da coprirci bene. Sono pure morbide e calde.

"Come avete fatto ad arrivare così presto?" chiede Fiona.

"Allison mi ha scritto ieri notte." Apre una terza coperta per Fiona, che è in maniche corte. Visto però che vi rinuncia con uno sventolio della mano, la porge a Declan. "Sarei voluta venire subito, ma Lucius sospettava che gli orsi mutanti non avrebbero apprezzato la nostra visita."

Parker sbuffa – capisco bene cosa sta pensando. Una volta mi ha raccontato che sotto Lucius e Selene mutanti e vampiri hanno stretto una cauta tregua. Mantengono la pace ignorandosi a vicenda; altrimenti sarebbe un'amara lotta con pesanti perdite su entrambi i fronti.

"Quindi siamo volati qui e abbiamo fatto una dormitina nel nostro resort preferito di Taos. Lucius non vuole veda il regalo dei Saturnali prima dei festeggiamenti, ma ormai siamo quasi al solstizio, quindi..." Fa spallucce e si volta verso il compagno. "Sono loro i regali?" Indica il branco di cervi vampiri illuminandosi tutta nel pallore del volto d'un sorriso allegro.

"Sì, mia regina." Le solleva un ciuffo dalla nuca per baciarla lì.

"Oh... che carini!"

"Vero?" fa Allison. Si mette poi a chiacchierare con Selene delle bestiole e dei piani di Lucius di liberarle.

Fiona si massaggia le braccia dal freddo, e quando Declan scivola da lei per metterle la coperta sulle spalle, non lo scaccia neanche.

Parker viene da me. "Tutto ok, uccellaccio?"

Annuisco.

"Non riesco ancora a credere che abbiano fatto tanta strada solo per aiutarci." Tiene bassa la voce, ma per una creatura paranormale non esistono silenzi.

"Ovvio che siamo venuti," interviene Selene. "Perché non avremmo dovuto?"

"Ehm..." Io e Parker ci guardiamo, in piena agitazione. Oh, quanto vorrei mettermi questa cavolo di coperta sulla faccia!

Risponde per noi Fiona, alla sua solita maniera sbrigativa. "Be', perché voi siete i re e la regina dei vampiri mentre questi qua sono... ehm... questi qua."

"Ah, ok." Attenta, annuisce, come giungendo a una decisione. "Sarà strano, ma vi vedo come il mio branco."

"Cosa?!" Declan e Parker strabuzzano gli occhi. Anch'io, ma mi tengo i gridolini per me. Il gufo resta impalato immobile, come per non farsi notare da Selene.

"Sì. Insomma..." Fa spallucce. "Dopo quel che è accaduto col mio vecchio branco, sono cresciuta da sola. Non mi sento a mio agio con gli altri mutanti... soprattutto adesso che sto con Lucius. Lui è tutto per me – intendiamoci – ma a volte è bello sapere che esiste al mondo un branco di mutanti che mi guarda le spalle."

"Ti hanno guardato le spalle?" chiede Allison.

"Certo. Da che li conosco. Siete i migliori!"

"Aaaah," fa Fiona. "Abbraccione di gruppo?" Ce lo chiede muovendo solo le labbra, quando Selene non guarda. Io e Declan scuotiamo la testa – "No!" – con un certo vigore. Parker ci imita, ma aggiunge bei saltelli del pomo d'Adamo. "Ah, vabbè," dice allora con una stretta della spalle e l'accento cockney. "Dio ci benedica allora tutti quanti."

Capitolo dodici

Fiona

Mi sveglia lo scricchiolio dei freni. Batto le palpebre e levo la testa rendendomi conto che la calda superficie che mi coccola la testa è la spalla di Declan. Merda, non gli avrò mica sbavato addosso, vero?! Tasto il tessuto a caccia di umidità, ma così lo sveglio.

"Ma che..." Alza lo sguardo.

"Arrivati." Parker pare esausto, ma ha insistito per guidare tutta la notte fino a Tucson. Dopo la partenza di Lucius e Selene, io e Declan abbiamo agganciato il rimorchio al furgone. Allison ha chiamato tutti i cervi sul primo e li ha fatti sprofondare in uno stato di sonnolenta calma.

La prima cosa che faccio è girare la testa per controllarli, ma il rimorchio è sparito. "Dove sono i cervi?"

"Li abbiamo scaricati un'ora fa," dice Parker. "Selene ci aveva mandato della gente apposita; è andato tutto liscio."

"Cavoli. E mi sono dormita tutto?"

Declan mi scosta i capelli dal viso. "Lo scontro deve averti stancata." Mi posa la mano sulla nuca. Non permetterei a nessun altro di toccarmi lì, ma con lui è fantastico.

101

"Temo di sì." Mi stiracchio le braccia. Non c'è molto spazio qua dietro, visto che noi due siamo appiccicati. Davanti Allison è accoccolata contro a Laurie, e se la dorme della grossa. Lui apre con cautela la portiera del passeggero per scivolar fuori e girarsi a prenderla in braccio. Lei non batte ciglio.

Anche tramutarsi in colomba dev'essere stato distruttivo. Non capita tutti i giorni di trasformarsi e combattere contro a dei vampiri!

Laurie la porta su per il vialetto di una casetta di stucco a un piano – più carina di quel che mi aspettassi, con tanto di curati giardini tutti pietruzze e cactus.

"Vivete qui?"

"Sì," risponde lentamente Parker. "Solo che..."

Declan smonta dall'abitacolo e si piazza le mani sui fianchi. "Ma chi l'ha addobbata?"

Sui bordi di tetto e porta luccicano lucine bianche. All'alba il tutto assume un bagliore proprio allegro.

"E-E-Ehi?" li chiama Laurie. È al portone, con Allison sempre in braccio. Ci scapicolliamo su per aiutarlo. Declan apre e glielo tiene aperto in modo che possa entrare.

"È arrivata posta." Indico la grossa busta rossa affissa col nastro adesivo al campanello.

Parker la prende. "A Allison, Declan, Fiona, Laurie e Parker. Che il solstizio vi sia gioioso e luminoso. Con affetto, Selene e Lucius."

"Ooooh, ci hanno mandato una cartolina d'auguri," faccio annusando la carta. Sa di Selene.

Declan mi s'avvicina in un sussulto.

"Ma che cavolo succede?" fa Parker.

"Cosa?" La casa è luminosa, arieggiata e profuma di piante fresche. Ci sono un divano di pelle color caffè e due poltrone reclinabili coordinate. Hanno messo alla parete una mensola bianca, tipo le cornici dei caminetti, cui hanno appeso cinque calze. Una a testa – con tanto di nomi. "Che carina..."

"Eh già." Parker si rigira lentamente su sé stesso. "Avevamo lasciato il disastro più totale."

"Be', qualcuno ha pulito." C'è profumo di lucido al limone, così come di biscotti appena usciti dal forno – zucchero e vaniglia. Seguo Declan in cucina e trasalisco di gioia. Le credenze di legno sono un tantino antiquate, ma lucide da risplendere d'oro. I fornelli e il frigorifero sono roba anni Cinquanta, ma ben tenuti e d'un bianco immacolato. Un vassoio di biscotti dolci c'aspetta sul tavolone bianco riposto nella nicchia della colazione. Il grande bovindo dà sullo spettacolare panorama dei monti Santa Catalina... e sul patio c'è un grosso albero di Natale.

"Ma è quello che stava sul tettuccio del furgone?" chiedo. È delle stesse dimensioni e dello stesso tipo di abete, ma coperto com'è di luci bianche e addobbi dorati risulta completamente diverso. Sotto c'è una pila di regali incartati.

"È passato Babbo Natale," fa Allison. Avanza a grandi passi con fare assonnato, seguita da Laurie. Lui, Parker e Declan sono tutti a bocca spalancata – la mascella gli arriva al pavimento!

"Con un piccolo aiuto da parte di Selene e F. Guardate." Prendo un biscotto. È a forma di procione, con perline rosse di caramelle per occhi. Ci sono la colomba, il gufo e anche due a forma di cane. Uno indossa un fedora grigio. Li passo agli altri.

"Buon Natale a tutti." Gli do un morso.

"O buon solstizio?" domanda Allison con gli scuri occhi luccicanti.

"Boh. Buoni Saturnali? Non me ne frega niente – basta

ci siano i biscotti. E dopo un pisolino mi butto pure sui rega-li." Lancio un'occhiata a Declan, e decido di chiederglielo direttamente. "Vi spiace se restiamo qui?"

Si riprende subito dalla sorpresa e annuisce. "Certo che no. Restate quanto volete."

"Ottimo. Dov'è camera tua?" Supero Allison e Laurie, varco una soglia e m'infilo in corridoio. Gli ci vuole un minuto, ma Declan arriva di corsa sbattendo contro a Parker con un paio di imprecazioni.

Sorrido fra me e me. Mi sa che ha capito.

Mi segue in camera e chiude la porta, poi si leva la giacca di pelle.

"Accidenti." Fissa il matrimoniale grande coperto da un bel piumino bianco.

"Cosa?"

"Selene mi ha comprato un letto nuovo." Va a scostare le coperte. Anche le lenzuola sembrano nuove. I morbidi cuscini giganteschi sono coordinati al piumone di piume d'oca.

Mi levo gli scarponi e sbottono i jeans. "Sembra più comodo del pavimento della casa sull'albero... non che mi fregasse qualcosa, eh."

"Vuoi rifarmi da Babba Natale sexy?"

Il suo odorino da stramboide prende una sfumatura dolce. Che mi piace. Che mi piace fin dalla prima volta che l'ho sentito. "No. Pensavo che stavolta potresti farmi tu da Babbo Natale... e io potrei sedermi in braccio a te." Batto le ciglia in un ridicolo tentativo di seduzione.

Non avevo mai visto un uomo spogliarsi a tale velocità! E non mi dispiace per niente. Il suo corpo è d'una bellezza tutta cicatrici, come la mia, ma scolpito da muscoli snelli. Una spolverata di ricciolini scuri gli copre il petto scultoreo. Avanza spavaldo, mi posa le mani sulla vita e mi solleva.

"Ah sì?" Mi lancia sul lettone. "Che Babbo Natale sia, bella. Dimmi una cosa, dolce Fiona: quest'anno hai fatto la brava bambina?"

Mi isso sulle ginocchia per levarmi la maglia dalla testa. "Oh, Babbino caro, sono stata cattivissima..."

Declan ringhia e mi agguanta la cintola dei jeans sbottonati. Una tirata e me li ritrovo già a metà coscia, insieme alle mutandine. Mi rifila uno schiaffo al culo. "E che succede alle bambine cattive?"

Il punto che mi ha colpito brucia in modo bollente, pizzica appagante. Ci avesse provato chiunque altro, gli avrei staccato la testa a morsi. Ma con Declan sembra un gioco. Un complimento. Eccitamento, calore e la scintilla di un fiammifero sulla pietra focaia. "Le bambine cattive si beccano le sculacciate," gli dico abbassandomi sui gomiti per tirar su il culetto.

Un ringhio animalesco d'approvazione e zompa sul letto. Mi affonda le dita nei capelli e mi massaggia la nuca, prima di chiuderle a pugno e tenermi ferma per le sculacciate. Mi schiaffeggia il sedere, a destra e a sinistra, scaldandomelo a ogni colpo.

Ansimo, tutto il sangue mi si fionda là sotto, e ingrano la quinta. Voglio Declan come non ho mai voluto nessuno prima – maschio o femmina che fosse.

"Sì, cazzo," gli ringhio.

Stringe la presa sui capelli e tira un pochino più forte facendomi scivolare due dita fra le gambe. Sono oltremodo bagnata, gocciolo. "Ti piace così, mia feroce Fiona?"

La parola *mia* mi s'insinua nei sensi, mi scarica spirali di soddisfazione nel petto. "Ancora," ordino.

Mi sculaccia più forte, mandandomi a fuoco il culo con una delizia pazzesca.

Giro la testa. "Continua." Ho la voce rauca. Torrida.

Gli occhi gli brillano di verde luccicante. Si posiziona in ginocchio alle mie spalle e mi molla i capelli per passare al fianco. La cappella mi si struscia sull'ingresso, vi si strofina, mi sfiora il clitoride facendomi rabbrividire di delizia la schiena.

"*Subito*, Declan!" Muoio di disperazione. Ho bisogno di lui dentro. Ho bisogno che mi reclami. Aspetta un attimo... che mi *reclami?*

Spinge tenendomi fermi i fianchi.

Rabbrividisco di soddisfazione. Sì. Ecco cosa volevo. Che bello...

Mentre mi scalpita dentro, cambia qualcosa. Trasudo una sensazione – come di appartenenza. Appartengo a quest'uomo. Appartengo a questo variegato gruppo di disagiati. Sono rovinata, ma come loro.

Il mio corpo reagisce all'epifania, o forse l'epifania è una reazione al mio corpo. Boh. So solo che sono sconvolta di calore, dalle vergini, e sono sull'orlo del Nirvana stesso.

"Sì, lì," lo incoraggio, sul punto di venire.

Declan mi sbatte più forte, stringendomi i fianchi con ustionante potenza e montandomi come un ossesso. Gli sento la cappella colpirmi in profondità, segnarmi col suo calore.

"Oh, cazzarola, Fiona. Non durerò molto." Ha angoscia nella voce, oltre al ringhio dell'animale. Giro ancora la testa e gli vedo i canini risplendere, pronti al morso.

Vuole marchiarmi.

E io voglio essere marchiata. Sorpresona!

Sgroppa sempre più forte, schiaffeggiandomi il culo formicolante coi lombi. "Fiona... Fiona!" Ora trasuda allarme. Sta per scoppiare. No – sta per marchiarmi.

"*Fallo*," ringhio.

Mi si schianta dentro, e mi affonda i denti nella spalla.

Urlo dall'estasi, esplodendo tutta di piacere. I muscoli si serrano e gli stritolano il pisello mentre le mie carni ricevono il suo marchio, il suo odore, il dono dei doni.

Un compagno.

"Oh, cazzarola, Fiona. Scusami!" Estrae i denti e mi lecca la ferita per chiudermela. "Non volevo. Ho perso il controllo. Scusami. Non avrei dovuto…"

"Declan," lo interrompo. "Declan, va tutto bene. Lo volevo io." Mi giro a guardarlo. "Non crederai mica che non ti restituisca il favore, vero?" gli faccio, anche se non funziona mica così. Le femmine non lasciano il proprio odore nel maschio – e poi comunque i procioni non marchiano le compagne.

Ma lui si rilassa in un sorriso. "Sicura? Sono un coglione, bella. Troppo coglione per essere un buon compagno."

"Anch'io." Gli butto le braccia al collo. "Ti va di *coglionare* insieme?"

"Diamine… sì!"

***

Allison

"Devo proprio farmi la doccia," dico a Laurie quando Declan e Fiona sono spariti in camera loro.

Sì, la considero già *loro*. Conosco abbastanza bene Fiona da essere certa che è presissima da Declan. Non fosse il suo compagno, non si fiderebbe di lui, non lo lascerebbe entrare nel suo circolo privato.

E sono sicura di aver trovato anch'io il mio.

"T-Ti accompagno in b-bagno," azzarda, scortandomi personalmente lungo il corridoio.

Il che va a nozze col piano. Quando arriviamo, gli prendo la mano e lo tiro dentro con me. "Non ho voglia di farla da sola." Verissimo, ma mica perché sono bisognosa. O meglio, bisognosa sono bisognosa... ma di puro sesso.

Devo fargli capire che sono sua.

Ne percepisco l'agitazione, ma non balbetta né protesta. Mi segue e chiude la porta per poi girare la chiave. Il pomo d'Adamo saltella mentre mi osserva levarmi i vestiti un capo alla volta.

Visto che non mi imita, faccio io: gli sbottono la camicia Oxford e gli levo gli occhiali.

Lui si toglie pantaloni e boxer. Accende il getto d'acqua e ne controlla la temperatura con la mano.

"L'hai mai fatto sotto la doccia?"

"Ehm..." Batte le lunghe ciglia con uno scossone del capo.

"Neanch'io."

Scosta la tenda e mi porge la mano per aiutarmi a mettermi sotto all'acqua calda. Mmm, che delizia...

"È la mia prima volta."

Entra dietro di me. "Nella doccia, intendi."

"No, la prima volta in assoluto."

S'immobilizza. All'inizio penso sia scombussolato – come spesso gli capita – e invece è tutto il contrario. D'un tratto è molto sicuro di sé. "In doccia allora solo preliminari," mi fa con autorità. "Meglio il letto, per la prima volta."

"Sì, paparino." Vediamo come mi escono i nomignoli un tantino perversi...

Non male, direi.

Neanche per lui, temo, perché gli luccicano gli occhi. Prende la saponetta e la sfrega bene per fare schiuma, poi m'insapona tutta quanta. Le lunghe dita pallide fanno da bellissimo contrasto con la mia pelle scura.

Ha un tocco cauto, reverente. Come fossi una rosa appena schiusasi di cui stesse sfiorando ogni singolo petalo. Mi fa scivolare la mano sulla pancia e fra le gambe. Lì piega un dito, che mi passa sulla fessura per divaricarmi.

Reclino la testa all'indietro, e chiudo gli occhi sotto al getto, già arresami a tanta dolcezza. Al tremore alle gambe. Ai brividi al centro del corpo. Al calore che emano da ogni poro...

Laurie mi afferra il retro del collo per chinarmi il viso verso il suo. Il bacio all'inizio è goffo, ma poi sembra dimenticarsi di sé stesso. La sua lingua mi saetta nella bocca, le labbra si modellano sulle mie, scivolando e succhiando.

Mi spinge contro alle mattonelle fredde, schiacciandomi il lungo pene grosso contro al ventre. Io lo prendo in mano e stringo – all'inizio incerta, ma guadagnando sicurezza quando geme dal piacere.

Glielo accarezzo mentre lui mi dimena le dita fra le gambe e mi sbaciucchia tutta. Mi vengono le vertigini dalla voglia. Gli gemo contro alle labbra. Il vapore mi dà alla testa. E poi, d'un tratto, l'acqua si spegne, io sono fra le sue braccia e lui mi porta fuori dalla vasca. Si dimentica di prendere gli asciugamani, perciò ne agguanto io uno al volo mentre ci rechiamo in camera sua.

Apre la porta con uno spintone e mi porta a un adorabile letto che non odora per niente di lui.

"È nuovo?" Le lenzuola sembrano molto più lussuose di quelle che a occhio e croce può permettersi.

"Sì. Dev'essere un regalo di Selene." Mi posa al centro del materasso, mi divarica le cosce e mi lecca.

M'inarco, sconvolta dal piacere. Ero già sul punto di

scoppiare, e gli ci vuole solo qualche vortice di lingua per farmi venire.

Ma è irrefrenabile. Continua a stuzzicarmi con la lingua, a infilarmi uno e poi due dita dentro mentre mi succhia e stuzzica il clitoride. Vengo a ripetizione, finché non comincio a temere che le pareti si sciolgano, da quanto calore emaniamo!

Finalmente mi concede una pausa; mi fa bere qualche sorso d'acqua da una bottiglia qui accanto. "Non ho preservativi."

Batto gli occhi, confusa. I mutanti non prendono malattie sessualmente trasmissibili. Ah.

Ah.

Le gravidanze.

Gli passo il palmo sul petto, poi me lo tiro tutto giù, addosso. "Mettimi dentro un bel gufetto," gli ordino.

Piume in volo in tutte le direzioni! Laurie si regge sulle braccia e china il capo per un bacio feroce. Mi penetra dolcemente mentre aggrovigliamo le lingue.

Gli agguanto il sedere per tirarmelo dentro con più forza. Mi avessero detto che il sesso è così divertente, l'avrei fatto molto tempo fa!

No – bugia.

Aspettavo Laurie. Nessun altro poteva renderlo così perfetto. Così magico. Così vero.

Ne osservo gli occhi arrotondarsi, luccicare. Adesso seguiamo un ritmo nostro. Come fossimo una cosa sola. I nostri corpi cavalcano la stessa onda, risalgono verso la stessa sommità. In un continuo accumularsi di piacere.

Raggiungiamo il climax nello stesso momento di estasi.

Urlo. Piume ovunque – di gufo e colomba. Dietro di lui vedo il bagliore delle ali spiegate del gufo.

Percepisco anche le mie, allargate sul letto alle mie spalle.

Laurie urla. Schianta le labbra sulle mie, e cavalca l'orgasmo finché non rallentiamo entrambi il passo, mescolando i respiri, spalancando i cuori.

Un bruciore fra le sopracciglia mi dice che l'accoppiamento è completo. Sarò per sempre marchiata da una piuma di gufo.

Laurie ci rotola sul fianco, faccia a faccia. Mi tocca la curva della guancia coi polpastrelli. "Sei mia," dice meravigliato.

Gli sorrido. "Compagni. Per sempre."

"Credevo di essere troppo distrutto per accoppiarmi."

"Be'," faccio io tracciandone le sopracciglia espressive, "a volte si trova qualcuno coi pezzi distrutti compatibili coi nostri."

"Come un puzzle," dice contento.

"No. Siamo tutti interi. A volte però ce ne dimentichiamo. E ci vuole qualcuno che lo veda, che ce lo ricordi."

"*Tu* sei tutta intera. E bellissima," mi dice. "Non riesco a credere che tu voglia essere mia."

"Io *sono* tua." Gli tocco il punto fra le sopracciglia che lo prova.

Si issa su un gomito. "Ma lo vuoi?"

Ah, sciocchino d'un gufo! "Certo che lo voglio. La vita è troppo breve per non stare con la persona amata."

Capitolo tredici

*P*arker

Dopo un lungo sonnellino, ci buttiamo sui regali.

Per Declan c'è un prosciuttone e per Parker un cappello nuovo. Un paio di occhiali per Laurie, sia normali sia da sole, dalle montature moderne, sexy e chic. Per le ragazze vestiti nuovi e cosmetici per capelli. E minuscole statuine di legno dei nostri animali dai 'Fratelli del monte Bad Bear', una a testa.

Ci sono anche cesti pieni di delizie da mangiare e il necessario – nuovo di pacca – per grigliate. Cuscini per l'arredo da giardino e una mangiatoia per uccellini da appendere fuori dalla finestra della cucina. Il che è un bene, perché la sola presenza di Allison ha aumentato il numero dei nostri piccoli ospiti.

"Che bel bottino natalizio." Fiona si sfrega addirittura le mani. M'immagino il procione fare la stessa cosa.

"Non è mica Natale," faccio io. "È il solstizio. E poi è tutto di Selene, che con Lucius festeggia i Saturnali. E allora noi cosa stiamo festeggiando?"

"Tutto quanto," proclama Declan.

"Tutto quanto?" ripeto.

"Sì. Perché no, diamine?"

"Facciamo un brindisi, dai," esclama Fiona. "Dai, vi serve un po' di gioia natalizia!"

"Gioia natalizia?" Declan si raddrizza il berretto da Babbo Natale. "Ormai la cago pure, la gioia natalizia!"

"T-Te l'avevo detto di non b-bere lo zabaione."

Allison ride mentre io scuoto la testa e levo il bicchiere. "Alla famiglia. A Selene e alla vittoria sui vampiri più scemi del mondo."

"All'amore e all'amicizia. E alla scoperta di una persona stramba come noi," dice Fiona.

"A questo bevo volentieri." Declan solleva il bicchiere.

"Non saranno le somiglianze a unirci, ma sono le differenza a farci somigliare," intono.

"Bah. Uguali, diversi, che cambia? Resti mio fratello, Parker," fa Declan.

"E tu il mio. Tanto fastidioso da scolarti tutto il mio whiskey migliore, da finirmi l'ultima confezione di cereali per poi rimetterla vuota sullo scaffale invece di buttarla."

"Presente."

"Zitto e bevi," ringhio.

"Oh, Parker, il tuo discorso mi ha fatto palpitare il cuoricino," insiste con un sorriso sardonico.

"Il cuoricino..." Fiona sogghigna.

"Santo cielo, adesso ne abbiamo fra le palle due," gemo.

"Aspetta." Laurie mi porge un pacco regalo enorme. "Questo è per te."

Slaccio il fiocco e levo il cellophane. Dentro trovo una mascherina per dormire, crema al magnesio, spray al profumo di lavanda per cuscini e un gonfio cuscinone bianco a grandezza umana.

Leggo il bigliettino a voce alta. "Per Parker. Il nuovo lettone dovrebbe essere più comodo di quella vecchia poltrona reclinabile. Sogni d'oro." Trasalisco. "Come faceva a sapere che ho difficoltà a dormire?"

"Le vie del signore vampiro sono misteriose," dichiara Declan.

Annuso il cesto. L'unico odore è di Selene, grazie al cielo. Se re Lucius fosse venuto a lasciarci il suo, l'animale avrebbe avuto incubi per settimane!

"Ho un annuncio da fare," dice Fiona. "Da quando siamo arrivate qui le cose sono andate avanti e..."

"Ho già capito." Le scocco un'occhiatina attenta. Dal colletto della camicia di Declan sbuca un segno rosso, mentre il collo di Laurie è coperto di beccatine.

Le pallide guance di Fiona arrossiscono. "Be', io e Declan adesso siamo compagni."

"Anch'io e Laurie."

"Era ora." Declan rifila a Laurie una pacca sulla schiena. Qualche minuscola piuma vola su fino al soffitto.

"Quindi non ti molliamo più." Fiona fa un sorrisone.

"Benvenute in famiglia." Abbraccio entrambe. Qualche giorno fa sarebbe stato inimmaginabile.

"Pensateci un attimo," fa Fiona. "Se il re non ci avesse mandati tutti in missione, adesso non staremmo insieme."

"Pare quasi l'abbia fatto di proposito..." riflette Allison.

Strabuzzo gli occhi verso gli amici, che raggelano. Re vampiro... e pure cupido? Inquietante.

Nessuna delle ragazze pare notare il nostro spavento.

"Dai, Danny boy, accendiamo il fuoco!" Fiona agguanta Declan per trascinarlo al portone.

"Ok, piccioncini. Io vi lascio. Ho appuntamento col materasso." Sono così contento che potrei quasi lanciarmi in due passi di danza.

"B-Buona i-idea." Laurie abbraccia Allison.

Mi stringo nelle spalle. "D'altronde questa è la notte più lunga dell'anno."

"Sogni d'oro." Allison mi saluta con la mano. Io mi congedo dai due inclinando il cappello, e poi vado.

***

La notte scende rapida sul giorno più breve dell'anno. Ma in una casetta ai piedi dei monti Santa Catalina, l'oscurità non attenua lo spirito delle feste.

Nel giardino sul retro, a qualche metro dall'albero luccicante, Fiona e Declan si scaldano le mani sul fuoco acceso nel cassonetto, fra risate e la fidata fiaschetta.

Sopra di loro, sul tetto, un gufo gigantesco siede con una colomba, più piccola, rintanata sotto l'ala – colomba che ora ha i marchi di una piuma di gufo fra le sopracciglia. Segno che è stata reclamata.

E nella sua camera, circondato dal soporifero odore della lavanda, Parker sprofonda nel letto coccolandosi il cuscino e respirando serenamente in un profondo sonno senza sogni.

Fine

Buone feste da Renee e Lee! Grazie di aver letto le nostre storie della serie *Alfa ribelli*. Nei prossimi anni ne usciranno altre – inclusa la serie *Orsi ribelli* con tutti i fratelli del monte Bad Bear.

Il tuo sostegno per noi è tutto. Tu che ci leggi... sei pura magia!

<3
Renee e Lee

I lupi mutanti di Wall Street

Grande capo cattivo

Mezzanotte
di Renee Rose e Lee Savino

E ccoci a Wall Street, dove i lupi mutanti ci mangiano a colazione.

Capitolo uno

Madi

Harvard mi vuole. Yale mi ha accettata. Persino Princeton, la mia Alma mater, dice che mi prenderà per il post-laurea. Ma proseguire negli studi quando mio fratello minore pensa di rinunciarvi sarebbe immorale – soprattutto dato che le conoscenze che mi sono fatta a Princeton possono assicurarmi un lavoretto a sei zeri a Wall Street con cui pagarglieli.

Alla *MoonCo*, il salotto delle Risorse umane è gremito

di giovani professionisti dall'aria efficientissima che sembrano inclini ad accoltellarmi alle spalle senza battere ciglio.

Ho già fatto una serie di esami scritti, incluso il cruci-verba di oggi – domenica – del *New York Times*, per il quale mi ci sono voluti sui sessanta secondi, dato che l'avevo già risolto venendo qui in metro.

Sono vestita alla perfezione per il posto: col mio vestito azzurro preferito, pescato dal fondo dell'armadio e all'arrivo a Wall Street – dodici ore dopo l'arrivo della lettera di rifiuto della borsa di studio per mio fratello – reso più scialbo dall'abbinamento di una giacca elegante.

Me la raddrizzo bene, insieme alla schiena, e quando mi chiamano mi alzo. Le scarpe alte a punta che mi stanno massacrando, ma che per tutti sfoggio come un'assistente – laureata sicuramente ad Harvard – che sfili in passerella, mi conducono alla sala dei colloqui.

"Madison Evans, giusto? Piacere. Genevieve Small, vicepresidente delle Risorse umane."

"Piacere mio... signorina?" Entro in una sala conferenze.

"Sì." Le concedo una stretta di mano sicura il giusto e mi accomodo. Wall Street non è certo il sogno della mia vita. È più un anti-sogno. Perciò posso incedere con l'aria della professionista perfetta senza il nervosismo che il macello di gente che sta là fuori cerca di nascondere.

"Si è appena laureata a Princeton con lode." Esamina il fascicolo che le porge l'assistente.

"Sì." Non aggiungo altro. È una questione di potere. Risponderò alle domande, ma senza vendermi spudora-tamente.

"Ha frequentato la Landhower." Allude alla scuoletta per ricconi. Quella che sono riuscita a permettermi solo grazie a un *donatore anonimo* – sicuramente il mio anonimo padre. "Anch'io."

Già lo sapevo, perché i compiti li ho fatti – e fa presagire bene. I ricchi funzionano così. Mi crede dei loro: la crème de la crème di Manhattan. Non sa che tutti i ragazzini e quasi tutti gli insegnanti della Landhower mi guardavano dall'alto in basso perché vedevano benissimo che ero fuori posto. Avrò anche cervello, ma non avrò mai il pedigree. Non uno riconosciuto, almeno, grazie a quello sfaticato del mio vecchio.

Bah.

"Forza, Landsharks!" Le butto lì il nostro motto con un mezzo sorriso per addolcire il tono secco.

Non è mica scema però. Strizza appena gli occhi per studiarmi, come nel tentativo di capire se sono cretina. Rendo la mia espressione un pochino più gradevole.

Mi serve assolutamente il lavoro.

In questa qui rivedo tutte le perlacee ragazze piene di sé della scuola. Quelle che uscivano coi giocatori di lacrosse e si spostavano sulle decapottabili regalategli dai genitori. Quelle che guardavano con schifo il mio zaino liso e le mie Converse rendendo chiarissimo che sapevano che frequentavo la loro scuola solo perché la mamma vi lavorava – ai piani bassi, s'intende.

"Stiamo cercando l'assistente dell'assistente esecutiva. È un lavoro dinamico, e richiede una bella pellaccia, velocità di pensiero e attenzione ai dettagli. Le istruzioni verranno date una volta sola; ci aspettiamo poi che l'assunto sia in grado di arrangiarsi."

"Certo." Fingo platealmente di annoiarmi almeno un pochino.

"Potrebbero venir richiesti viaggi e straordinari. Fondamentalmente si dovrà essere a disposizione a qualsiasi ora.

Non è un lavoro per persone con famiglia o molti impegni personali... o una vita personale."

"Nessun problema."

"Cos'ha fatto per prepararsi al colloquio?"

La guardo dritta negli occhi. "Ho fatto ricerche su ogni singolo dirigente, dall'amministratore delegato Brick Blackthroat a lei. Ho cercato indizi che potessero dirmi che ambiente aspettarmi e cosa possiamo avere in comune – tipo l'Alma mater."

Strizza gli occhi, come improvvisamente insicura che abbia davvero studiato alla Landhower. "Chi era il suo insegnante preferito alle superiori?"

"Anderson – lettere e dibattiti," rispondo disinvolta. "Mi ha insegnato a pensare con la mia testa e a difendere ciò in cui credo anche quando nessuno concorda con me."

"E a Princeton?"

"La Brown, sociologia. Mi ha insegnato ad affrontare un problema da ogni possibile angolazione."

"Ah, sì. Ho ricevuto dalla docente un'email in cui la raccomandava."

Favore che le ho chiesto ieri sera. Subito dopo aver promesso alla mamma che troverò il modo di pagare la retta di Brayden.

Torna al fascicolo. "Sul modulo ha scritto di essere stata ammessa ad Harvard e a Yale per la specializzazione, ma di aver deciso di rinunciarvi. Perché?"

"Sinceramente, mio fratello minore non ha vinto la borsa di studio universitaria in cui speravamo, e ora devo contribuire. E poi l'ambiente accademico mi annoiava. Sono pronta a qualcosa di più dinamico e impegnativo. Tipo Wall Street."

Mi spara un'occhiatina attenta sollevando il sopracciglio, come per capire se è tutto vero.

La prima parte lo è. La seconda è ciò che spero voglia sentirsi dire.

"Come si comporterà in caso di prepotenze in ufficio?"

"Chiarirò i confini senza farmi coinvolgere. Non credo sia il caso di rispondere; mi limiterò a schivare i colpi." Le rivolgo quello che mi auguro sia un sorriso furbo.

Resta impassibile. "Quanto fa tre alla dodicesima?"

Faccio un veloce calcolo a mente. "Be', tre alla dodicesima può anche essere ridotto a tre alla quarta elevato alla terza. E tre alla quarta è ottantuno. Ottantuno al cubo fa... allora, ottanta al quadrato più ottanta, più ottantuno, quindi... seimilacinquecentosessantuno. Che poi si moltiplica per ottantuno. Dunque... vuole il numero esatto o una stima?"

"Prosegua."

"Ok... diciamo seimilacinquecentosessanta più una volta ottanta più uno, quindi seimilacinquecentosessanta volte ottanta più seimilacinquecentosessanta più ottanta più uno. Perciò seicentocinquantasei volte otto fa... ehm... cinquemiladuecentoquarantotto, poi aggiungiamo due zeri e adesso facciamo seimilacinquecentosessanta più ottanta più uno. Fa... allora... cinquecentotrentunmilaquattrocentoquarantuno." Espiro. "Ma proverei anche con la calcolatrice." Stringo le ginocchia – mi aspetto chieda quante finestre ci sono a New York City o qualche altra assurdità logica, ma sembra soddisfatta.

"Sa che in caso d'assunzione dovrà cominciare domattina, vero?"

"Sì." Annuisco. "Me l'hanno detto quando mi hanno chiamata per il colloquio. Non è un problema."

"Bene." Si alza, segnale che abbiamo finito.

"Quando mi farete sapere qualcosa?"

"Lancia un'occhiata al telefono. "Entro la mezzanotte di oggi."

"Entro la mezzanotte. Certo. Disponibilità a tutte le ore. Ricevuto."

"Sarò sincera: anche se sulla carta sembra un impiego troppo semplice per una persona col suo quoziente intellettivo, si tratta della posizione più difficile che ho fra le mani."

"Capo esigente?" chiedo tranquilla.

"Molto." La vedo brillare d'un barlume d'umanità, come se sparlare di quello stronzo del capo ci stesse facendo legare. Chissà se è il meraviglioso ma notoriamente crudele Brick Blackthroat a cercare un assistente...

Be', di stronzi ne ho sopportati a volontà. E per Brayden manderò giù qualsiasi rottura. Merita le stesse possibilità che ho avuto io.

"Non sono ancora riuscita ad assumere qualcuno che abbia resistito più di tre mesi."

"Sono pronta alla sfida."

"Mi creda," – e mi stringe fredda la mano – "non lo è affatto."

Capitolo due

Brick

Il panorama della suite dirigenziale della *Moon Co.* farebbe girare la testa... a una creatura minore – a un umano. Il palazzo è tanto alto da oscillare al vento. Ma è il prezzo da pagare per l'assaggio di aria rara – e per avere il Lower Manhattan ai propri piedi.

Quassù è facile dimenticare di essere mortali. Quassù è facile sentirsi dei.

Piomba sul vetro un'ombra quando Billy, il mio secondo in comando, viene a porsi accanto a me.

"Ci siamo quasi," dice piano. So che allude al voto che facemmo molti anni fa nel dormitorio universitario – il giorno peggiore della mia vita. Il giorno in cui papà venne assassinato e tutto ciò che aveva costruito distrutto.

"Quasi," ringhio. Osserviamo l'edificio qui di fronte. L'edificio eretto dai nemici per schernirci.

"Manca poco." Mi batte la mano sulla spalla. "Gli Aduwulf non sanno cosa li aspetta."

Ruoto su me stesso per prendere posto a capotavola. Billy va ad aprire la porta, segnale che la riunione sta per cominciare. Cominciano a sfilare dentro i dirigenti.

Allora lo sento. Un profumo dolce, intenso e agrumato ma complesso come noce moscata. Mi fa venire l'acquolina.

Rischio di sbattere fuori qualcuno a parolacce. Profumi e colonie sono banditi dagli uffici. È scritto chiaro e tondo nel manuale per gli impiegati – praticamente in prima pagina. E Billy si diverte un sacco a licenziare i nuovi che se ne dimenticano.

Non è profumo però. È un odore naturale. Ma di chi?

Lì, all'ascensore.

La Nuova.

Ho cacciato la segretaria venerdì, il che significa che l'assistente Indira è salita di qualche gradino – e adesso al suo posto mi ritrovo una neolaureata con le stelline negli occhi.

Disinvolta, si studia l'ultimo piano. Non è diversa da qualsiasi altra segretaria. Giovane, professionale. Porta un corto caschetto scuro e folto e un audace rossetto rosso.

Ma l'odore... me lo tiro dentro le narici, me lo assaporo per benino.

Noce moscata e arancia. Forse con una punta esotica, come franchincenso.

"Quella chi è?" Billy si butta sulla sedia e si appoggia

allo schienale tenendola in equilibrio sulle due gambe posteriori, in uno sfoggio di potenza che nessun essere umano potrebbe permettersi. Alla mia occhiataccia, lascia cadere anche le altre due gambe con un tonfo. "La nuova segretaria della tua segretaria?"

Ha assistito al licenziamento dell'altra. Mi ripasso assistenti come lui si ripassa zoccole.

"Sarà, sì."

"Vuoi che la faccia entrare?"

"Sì." Al mio solito direi di no. Al mio solito la degnerei di uno sguardo solo volessi qualcosa. Ma devo assolutamente esaminarne meglio l'odore.

Billy guarda Indira e indica la Nuova. Le fa segno di avvicinarsi, come irritato perché non è ancora venuta a presentarcela. È bravo quasi quanto me e far tremare di paura i sottoposti.

La Nuova però non sembra spaventata. La osservo entrare dietro a Indira. E mi viene voglia di leccarla dalla testa al clitoride non appena ne colgo una bella zaffata.

Strana reazione, visto che è umana.

Non è nemmeno un gran vedere. Insomma, sì, è carina, ma non ha nulla di dolce o remissivo. Qualcosa nella postura del collo, nel mento sollevato, nella totale assenza di sussulti quando la guardo in cagnesco fa pensare che covi chissà quale risentimento. Dieci anni in più e sarebbe uguale a una di quelle dirigenti con gli attributi. Un demonio in gonnella, nata per dominare ogni ufficio. Do lavoro a una manciata di queste qui. Ci vuole forza per farcela, dalle mie parti.

Mi squadra subito anche lei, chissà come riuscendo ad apparire rispettosa e ricettiva ma anche assolutamente intrepida, malgrado sia il suo primo giorno di lavoro.

Ho un po' voglia di sbattermela subito a sangue. Soprattutto perché prima che entrassero l'ho sentita mormorare a Indira, "Allora è questo qui il grande capo cattivo". Ovviamente non può sapere che a questo piano non esiste conversazione impossibile per il mio udito.

Più si avvicina più il suo odore mi permea i sensi. È tanto piacevole che mi fa venir voglia di attaccare. Ma mi viene pure duro adesso?!

Mi alzo. "E tu chi saresti?"

"Signor Blackthroat, le presento..." comincia Indira.

"Madison Evans." La Nuova spara in fuori la mano, pronunciando il proprio nome contemporaneamente a Indira. Regge tranquillamente il mio sguardo – ma senza sfida; solo con attenzione. Mi sta leggendo dentro. Vorrei trovare una critica da muoverle, ma non ci riesco. È il giusto miscuglio di sicurezza e umiltà. Né eccessivamente audace né rammollita. Ha modi fastidiosamente affascinanti.

La odio già. Le stringo la mano. Pelle morbida. Per una qualche ragione, mi viene da pensare che ormai avrò il suo odore sul palmo. Non che voglia controllare, eh.

"Mi chiamano tutti Madi."

"Io ti chiamerò Madison... *se* ricorderò il tuo nome. Mi aspetto tu risponda anche agli appellativi di Assistente, Segretaria, Nuova o qualsiasi cosa ti urli." Le mollo la mano.

Ben lontana dal farsi prendere alla sprovvista, le piomba in volto una puntina di divertimento. "Risponderò a quello che vuole," mi assicura chinando appena il capo.

"Bene. Adesso senti che caffè vogliamo." Faccio scattare in su un sopracciglio, come avesse dovuto già saperlo anche se è il suo primo giorno. A Indira dico, "E le relazioni finanziarie dove sono?"

. . .

* * *

Odio il capo.

Il magnate di Wall Street è un cretino. Uno stronzo alfa di livello mondiale.

Causticamente bello... ma terribilmente imperfetto.

Il tipo di uomo impossibile da soddisfare con modi affettati...

...nonché investito di potere e denaro.

A scuola ho conosciuto bulli come lui, perciò non ho paura.

Mi spaventa invece di esserne attratta. Trovar piacevole bisticciarci.

Gi spogliarelli verbali. E l'espressione imperscrutabile che ha dopo.

È il pericolo stesso – avvolto nel potere...

...e resistergli sta diventando sempre più difficile.

Odio la nuova assistente.

Le odiavo tutte, ma questo è un odio diverso. È un odio perverso.

È molto efficiente e sagace... e risponde a tono.

E poi questa piccola umana odora di tentazione. Non c'è niente di peggio.

È vestita per uccidere, e io rischio di morire.

Uno di questi giorni mi provocherà troppo.

Ah... non ha proprio idea di cosa accade

quando si sguinzaglia un lupo alfa contro alla preda.

. . .

Mezzanotte è il primo libro della trilogia *Grande capo cattivo*. Vede un capo – un lupo mutante stronzo e miliardario – alle prese con un'assistente dall'intelligenza impareggiabile.

Prossimamente

OTTIENI IL TUO LIBRO GRATIS!

Iscrivetevi alla newsletter di Midnight Romance per ricevere La Vergine e il Vampiro e notifiche riguardo a nuove pubblicazioni!

https://dl.bookfunnel.com/wg56byh1hb

OTTIENI IL TUO LIBRO GRATIS!

Iscrivetevi alla newsletter di Renee per ricevere Preludio e Indomita, scene bonus gratuite e notifiche riguardo a nuove pubblicazioni!

https://subscribepage.com/reneeroseit

OTTIENI IL TUO LIBRO GRATIS!

Ricevi un libro gratuito, **Allevata dai Berserker** (solo per i fan più sfegatati iscritti alla newsletter di Lee). **Clicca qui per cominciare**

Altri libri di Renee Rose

Wolf Ridge High

Alfa Bullo

Alfa Cavaliere

Fratellastro Alfa

Wolf Ranch

Brutale

Selvaggio

Animalesco

Disumano

Feroce

Spietato

Due Segni

Indomita (gratuito)

Tentazione

Deseada

Sedotta

Uomo d'onore

Non provocarmi

Non tentarmi

Non costringermi

I peccati di Chicago

La tana dei peccati

Radicato nel peccato

Dominami - la serie

Padrone reale

Sì, dottore

Padrone russo

Padrone marine

I suoi due padroni

Chicago Bratva

Preludio

Il direttore

Il risolutore

Posseduta

Il sicario

Il soldato

L'Hacker

L'allibratore

Il pulitore

Il playboy

Il guardiano

Vegas Underground

King of Diamonds

Mafia Daddy

Jack of Spades

Ace of Hearts

Joker's Wild

His Queen of Clubs

Dead Man's Hand

Wild Card

Gli alfa di montagna

Eroe

Ribelle

Guerriero

Padroni di Zandia

La sua Schiava Umana

La Sua Prigioniera Umana

L'addestramento della sua umana

La sua ribelle umana

La sua incubatrice umana

Il suo Compagno e Padrone

Cucciolo Zandiano

La sua Proprietà Umana

La loro compagna zandiana (gratuito)

Altri romanzi di Lee Savino

Romanzo Paranormale

La saga dei Berserker
Venduta ai Berserker
Accoppiata ai Berserker
Presa dai Berserker
Data ai Berserker
Rivendicata dai Berserker
Salvata dai Berserker
Catturata dai Berserker
Rapita dai Berserker
Legata ai Berserker
La Notte dei Berserker
Posseduta dai Berserker
Domata dai Berserker
Comandata dai Berserker

Alfa ribelli con Renee Rose
Tentazione Alfa
Pericolo Alfa
Un premio per l'Alfa
Una sfida per l'alfa
Obsession Alfa
Desiderio Alfa
Guerra Alfa
Missione Alfa
Tormento Alfa
Segreto Alfa
La preda dell'Alfa
il sole dell'Alfa
La luna dell'Alfa

Sangue Alfa

L'autore Renee Rose

L'autrice oggi bestseller negli Stati Uniti Renee Rose ama gli eroi alfa dominanti dal linguaggio sboccato! Ha venduto oltre un milione di copie dei suoi romanzi bollenti, con variabili livelli di erotismo. I suoi libri sono comparsi su *USA Today's Happily Ever After* e *Popsugar*. Nominata *Migliore autrice erotica da Eroticon USA* nel 2013, ha vinto come autrice antologica e di fantascienza preferita dello S*punky and Sassy*, come miglior romanzo storico sul *The Romance Reviews* e migliore coppia e autrice di fantascienza, paranormale, storica, erotica ed ageplay dello *Spanking Romance Reviews*. È entrata dieci volte nella lista di *USA Today* con varie antologie.

Iscrivetevi alla newsletter di Renee per ricevere scene bonus gratuite e notifiche riguardo a nuove pubblicazioni!
https://www.subscribepage.com/reneeroseit

 facebook.com/Autrice-Renee-Rose-101548325414563
 instagram.com/reneeroseromance

L'autore Lee Savino

Lee Savino è una fra le migliori scrittrici di libri erotici 'smexy' al giorno d'oggi negli Stati Uniti. 'Smexy' nel senso di 'smart e sexy': storie sensuali ed argute. La puoi trovare nel gruppo Goddess in Facebook ed è possibile scaricare un suo libro gratuito su https://leesavino.com/italiano!

Ricevi un libro gratuito, **Allevata dai Berserker** (solo per i fan più sfegatati iscritti alla newsletter di Lee). **Clicca qui per cominciare**